AF221217

ZU WEIHNACHTEN EIN MILLIONÄR

MIA CARON

Copyright © 2019 by the Author

Herstellung und Verlag: BoD - Books on Demand, Norderstedt

ISBN: 978-3-7519-6706-8

Alle Rechte vorbehalten. Jede Übersetzung, Verwertung oder Vervielfältigung dieses Buches – auch auszugsweise, bedarf der schriftlichen Genehmigung der Autorin. Sämtliche Personen und Handlungen sind frei erfunden. Ähnlichkeiten mit real existierenden Personen sind rein zufällig und nicht beabsichtigt. Markennamen und Warenzeichen, die in diesem Buch verwendet oder genannt werden, sind Eigentum ihrer rechtmäßigen Inhaber.

Mia Caron ist ein Pseudonym.

Coverdesign: Giusy Ame / Magicalcover.de

Kontakt:

Mia.caron[at]t-online.de

Mia Caron

c/o Papyrus Autoren-Club

Pettenkoferstr. 16-18

10247 Berlin

VORWORT

Zunächst einmal danke ich Ihnen, meinen Lesern. Ich schreibe zwar das, was mir einfällt, aber Sie begleiten mich schon während des Schreibprozesses und oft unterhalte ich mich mit Ihnen. Ich frage Sie dann, ob Sie dieses oder jenes nachvollziehen können oder – wie ich – lustig finden; Sie die Zwischentöne wahrnehmen oder ich deutlicher werden muss. In meiner Vorstellung haben wir dieselbe Wellenlänge und obwohl Sie kritisch sind, gelingt es mir, Sie zu versöhnen. Es ist schier unmöglich, allen zu gefallen und jeden Geschmack zu treffen; dennoch hoffe ich, dass Sie meiner Phantasie eine Chance geben. Falls ja, dann heiße ich Sie herzlich Willkommen in meiner Welt!

Ihre

Mia Caron

JORDAN

»Daddy?« Besorgt gehe ich in die Hocke, um ihm in die Augen zu sehen.

Sein Blick ist leer, er nimmt mich nicht wahr. Ich ziehe die Handschuhe von den Fingern und lege ihm eine Hand aufs Knie.

»Daddy?«, wiederhole ich leise. Die Berührung scheint er zu spüren, sein Bein zuckt leicht und er blinzelt. Sein Kopf ruckt hoch und er sieht mir in die Augen.

»Amber? Oh, Amber.«

Er lächelt selig und legt seine zittrige Hand auf meine.

Mir kommen die Tränen. Mein eigener Vater erkennt mich nicht. Ich habe nur noch ihn, bin sein einziges Kind.

»Daddy, ich bin's, Jordan.«

Seine buschig grauen Brauen ziehen sich kurz zusammen, ganz so, als müsste er überlegen. Dann glätten sie sich wieder und er lächelt mich wehmütig an.

»Amber.« Seine knöchrige Hand, deren Haut wie blasses Papyrus wirkt, legt sich an meine Wange. »Du bist immer noch so schön wie damals. Wo warst du so lange?« Sein Kinn zittert und die Augen verschwimmen unter Tränen. Ich schmiege meine Wange in seine Hand. Wie sehr ich ihn vermisse, meinen Dad. Den Mann, der mich auf Händen getragen, mir jeden Wunsch von den Augen abgelesen hat.

Seine Stimme ist zittrig. »Weißt du noch, als wir mit dem Porsche den Palos Verdes runtergefahren sind? Das war die schönste Zeit meines Lebens. Mit dir an meiner Seite.«

Jedes Mal sagt er dasselbe. Immer, wenn ich ihn besuche, erkennt er meine Mutter in mir und schwärmt von dieser Tour. Eine Fahrt den Palos Verdes Boulevard an der Küste des Pazifiks entlang. Wir wohnen schon lange nicht mehr an der Westküste, das Pflegeheim liegt in Branford, Connecticut; ungefähr 3000 Meilen von Los Angeles entfernt. Nach Mamas Tod hat Dad Malibu den Rücken gekehrt.

Jedes Mal bricht es mir das Herz ihn zu enttäuschen; zu sehen, wie das Licht in seinen Augen trübe wird, er in seine Lethargie zurückfällt. Alzheimer ist eine tückische Krankheit. Sie hat mir meinen Vater geraubt.

Er hustet und entzieht mir seine Hand.

»Lass sie uns noch einmal machen, Amber«,

krächzt er hustend und der Pfleger klopft ihm hilfreich auf den schmächtigen Rücken.

Chantelle, seine Pflegerin reicht ihm einen Becher mit Strohhalm.

Der Schmerz über den Verlust des Mannes, der er einst war, treibt mich immer wieder an den Rand der Verzweiflung. Ich suche ihn – meinen über alles geliebten Vater – in seinen Gesten, jeder Mimik, den wässrig-blauen Augen. Ein kurzes Erkennen nur, irgendetwas, das mir Hoffnung gibt; mich an jenen Mann erinnert, der er so viele Jahrzehnte war.

Was von ihm übrig blieb, ist nicht viel. Ein verfallener Geist in einem alten Körper. Neunundachtzig Jahre alt, um genau zu sein. Ich bin dreiundzwanzig.

»Versprich mir«, keucht er hustend und packt meine Hand. »Versprich mir, dass wir noch einmal unsere Straße runterf-«

Ein neuer Hustenanfall unterbricht ihn und Chantelle nimmt den Rollstuhl energisch zur Hand. »Er braucht seinen Inhalator und muss aus der trockenen Luft heraus«, sagt sie streng.

Ich nicke und erhebe mich; lasse zu, wie mein Vater herumgedreht und weggefahren wird. Ohne Verabschiedung, ohne ein Zeichen des Wiedererkennens.

»Was wollen Sie tun, Ms. Crawford?«, fragt mich der Pfleger meines Vaters.

Verwirrt hebe ich den Blick zu dem großen massigen Mann.

»Wie bitte?« Im Wintergarten des Sanatoriums

ist es kühl und ich fröstele leicht. Ich schlüpfe wieder in meine weichen Lederhandschuhe und ziehe den kuscheligen Mantel enger um meine Schultern.

»Es geht bergab, Sie haben nicht mehr viel Zeit, Ms. Crawford.«

Konsterniert lege ich die Stirn in Falten. Was will der Mann von mir? Ich weiß selbst, dass die Konstitution meines Vaters sich langsam seinem schwindenden Geist angleicht.

»Zeit, wofür?«

»Um den Palos Verdes runterzufahren. Es ist der letzte Wunsch Ihres Vaters.«

»Jim-«,

»John«, unterbricht er mich.

»John«, verbessere ich mich und umklammere meine Handtasche. »Ich bin nicht meine Mutter.« Es schmerzt jedes Mal, wenn ich das sage. Meine Mutter, Amber LaCroix, die berühmte Schauspielerin der sechziger, siebziger und achtziger Jahre. Kinderstar, zweifache Academy-Gewinnerin. Ich presse kurz die Lippen aufeinander. »Mein Vater kann sich nach fünf Minuten eh nicht mehr an seinen letzten Wunsch erinnern.«

»Sagen Sie das nicht, Ms Crawford. Demente Patienten können sich sogar an Dinge aus ihrer Kindheit erinnern. Er erzählt immer von seinem silberfarbenen 61er Porsche 356 Speedster. Machen Sie diese Fahrt mit ihm. Einmal noch. Und glauben Sie mir, dann stirbt er als glücklicher Mann.«

2

JORDAN

Ich atme tief durch und schaue mich um. Mitten im Nichts von Idaho stehe ich vor einem großen, schlichten Stahltor.

Hier müsste er wohnen.

Yves Saintclaire, Ponderay, Idaho, steht auf dem Kaufvertrag, von dem ich eine Kopie bei mir trage. Daddy hat den Wagen ein paar Monate nach Mamas Tod verkauft. Das ist über achtzehn Jahre her und ich habe keine Ahnung, ob der ehemalige Käufer Daddys Porsche überhaupt noch besitzt. Leider sind jegliche Kontaktversuche gescheitert, Mails und Briefe unbeantwortet geblieben, darum bin ich hier.

Mich wird niemand abweisen. Wenn ich die Gelegenheit bekomme, dem Besitzer zu erklären, worum es geht, wird er sicherlich Verständnis zeigen. Mein Handy vibriert und ich nehme das Gespräch an.

»Das kann nicht dein Ernst sein, Jordan«, höre ich Colins Stimme am Ohr. Meinen vollen Namen sagt er nur, wenn er sauer auf mich ist.

»Konntest du nicht warten, bis ich Zeit hatte, mitzukommen?«

Ich hebe den Blick gen Himmel. »Wann sollte das sein? Wenn du im Alter meines Vaters bist?«

Mit neunundzwanzig Jahren ist er einer der jüngsten Teilhaber einer großen New Yorker Anwaltskanzlei und mein bester Freund seit Kindertagen.

Zum ersten Mal begegnet sind wir uns beim Therapeuten. Colin war dort, weil er ständig alles zerstörte und ich, weil meine Mutter gestorben war.

Im Wartezimmer von Doktor Stevens haben wir uns geprügelt. Bei der Erinnerung daran, muss ich immer noch lachen. Mir fehlte danach ein Büschel Haare und ihm ein Zahn. Seitdem sind wir die besten Freunde.

»Du hättest einen Detektiv engagieren sollen, Jo«, sagt er mit besorgtem Ton in der Stimme.

Abermals blicke ich in den Himmel, der sich an diesem späten Herbsttag Ende November strahlend blau präsentiert. Ich atme ein weiteres Mal tief durch. Colin ist wie ein überbesorgter großer Bruder – und genauso nervig.

»Die Adresse hast du, falls mir etwas passieren sollte, okay? Ich melde mich spätestens morgen.«

So war es ausgemacht. Falls dieser mysteriöse Typ ein Serienkiller ist, wird Colin wenigstens wissen, wo er meine Leiche suchen muss. Ich beende das Gespräch und verstaue das Mobiltelefon in der Handtasche. Zur Sicherheit habe ich alle Wertsachen und Dokumente im Hotel zurückgelassen. Der kleine Mietwagen parkt unverdächtig in einer Parkbucht einen halben Kilometer entfernt.

Ich suche die Klingel am Tor und finde bloß ein rechteckiges Display, das ich mit dem Handschuh berühre. Nichts.

Hm.

Ich drücke fester, aber wieder tut sich nichts.

Wahrscheinlich muss ich das Display mit dem Finger berühren, es reagiert auf Hautkontakt. Da ich meine Handschuhe nicht ausziehen will, tippe ich das schwarze Glasdisplay mit dem Kinn an.

Sofort wird der Bildschirm hell und zwei Felder erscheinen.

Gäste

Lieferanten

Gast bin ich nicht, denn ich werde nicht erwartet. Außerdem habe ich etwas zu liefern, nämlich mich.

Demgemäß lege ich den Finger auf das Lieferantenfeld, doch wieder geschieht nichts. Augenrollend versuche ich, das Feld mit dem Kinn zu treffen.

»Einen wunderschönen guten Tag«, ein kleiner weißer Roboter mit großen schwarzen Augen erscheint auf dem Bildschirm und dreht seinen Kopf lustig hin und her. »Vielen Dank, dass Sie den Weg zu uns gefunden haben. Ich hoffe, Ihre Anfahrt war nicht allzu anstrengend.«

Fasziniert starre ich das Männlein auf dem

Display an. Der Kopf wiegt sich hin und her, als warte es …

Soll ich etwa antworten? Ich schaue nach links und rechts, ob irgendwo ein Kamerateam von *Punk'd* wartet, um mich im nationalen Fernsehen lächerlich zu machen.

»Ich hoffe, Ihre Anfahrt war nicht allzu anstrengend«, wiederholt der kleine Roboter.

»Danke schön«, antworte ich zögernd.

Jetzt strahlt das Männchen und seine schwarzen Kulleraugen plinkern.

»Mein Name ist Robby und ich bin der Empfangsandroid. Ein Wagen ist zu Ihnen unterwegs, um Sie abzuholen. Bitte erschrecken Sie nicht, weil niemand den Wagen lenkt. Es handelt sich um ein fahrerloses Transportsystem, das autonom fährt.«

Geräuschlos und wie von Geisterhand, öffnet sich das große Tor. Ein asphaltierter Weg liegt vor mir, der von perfekt gepflegten, grünen Wiesen gesäumt wird, auf denen zwei Rasenroboter ihre Runden drehen. Ich schüttle den Kopf. Da gehen sie hin, Amerikas Arbeitsplätze.

Der Weg macht eine langgezogene Rechtskurve und eine Baumallee beginnt, die alles Dahinterliegende vor weiteren Blicken abschirmt. Ist dies hier eine Science-Fiction Siedlung? Am Ende meines Sichtfeldes erscheint ein futuristischer SUV. Statt Scheinwerfern hat er über die Breite des Wagens einen Lichtschlitz. Die Leuchtdioden beginnen, farblich zu flackern.

»Guten Tag, mein Name ist Colin.«
Ich breche in schallendes Gelächter aus.

BRUNO

Mein humanoider Butler Salvatore trägt den Koffer und ich raffe alle Unterlagen zusammen. In zwei Stunden habe ich einen wichtigen Termin. Ein glockenhelles Frauenlachen lässt mich aufblicken. Ich überprüfe kurz, was los ist und bemerke, dass Colin jemanden am Tor abholt.

Ich schalte die Kamera ein und sehe eine dick eingepackte, junge Frau einsteigen. Sie trägt ihr rötlich schimmerndes Haar in einem strengen Knoten. Das Gesicht ist hübsch, hohe Wangenknochen und ein vorwitziges Kinn. Die volle Unterlippe ruft förmlich danach, geküsst zu werden. Ihre Augen versteckt sie hinter einer dunklen Sonnenbrille.

Mein Interesse ist geweckt. Ein Blick in den Terminkalender und ich weiß, wer sie ist. Ich drücke die Taste für die untere Etage, ohne die Kamera zu aktivieren.

»Roberta?«

»Ja, Monsieur?«

»Ich bin einverstanden.«

»Bitte?«

»Mit dem neuen Hausmädchen.«

Nach einem kurzen Zögern antwortet sie. »Sehr wohl, Monsieur.«

Ich beende den Kontakt, schalte mich wieder ins Innere des Wagens und deaktiviere den Sprachcomputer. Das übernehme ich lieber selbst.

3

JORDAN

COLIN UND ICH VERSTEHEN UNS BLENDEND. ER IST genauso unterhaltsam wie mein bester Freund. Da ich eine kleine Frostbeule bin, war er so nett die Sitzheizung einzuschalten, und mir ist derart warm geworden, dass ich Schal und Thermojacke abgelegt habe.

»Ist es nicht langweilig, immer dieselbe Strecke abzufahren?«, will ich wissen.

Colin hat mir schon erklärt, dass er nur hier auf dem Gelände chauffieren darf, da autonomes Fahren in Idaho verboten ist.

»Nein.«

»Warum nicht? Kannst du keine Langeweile empfinden?«

»Ich kenne nichts anderes. Schauen Sie hinaus, Miss. Ist es nicht wunderschön hier?«, fragt mich das eigenartige Auto. Scheinbar bin ich am Filmset des Remake von Knight Rider gelandet.

»Definiere wunderschön«, fordere ich ihn keck auf.

Ich will ihn aus der Reserve locken, irgendwo hat künstliche Intelligenz seine Grenzen. Was weiß ein Computer schon darüber, ob etwas wunderschön ist?

»Ihr Lachen, als ich mich Ihnen vorstellte war wunderschön, Miss.«

W-Wie bitte?! Ohne zu wollen, erröte ich bis in die Haarspitzen. Ich muss verrückt sein, mich von einem blöden Roboter-Auto geschmeichelt zu fühlen.

»Hat dich jemand programmiert, Komplimente zu machen?«

»Nein, Miss.«

Misstrauisch beäuge ich den Wagen und fühle mich plötzlich unbehaglich.

»Bitte entschuldigen Sie, falls Sie sich durch das Kompliment unwohl fühlen. Ich stelle keine Bedrohung für Sie dar.«

W-woher weiß er, was ich denke? Ich bin höchst alarmiert. *Sei nicht immer so vertrauensselig Jordan*, tadle ich mich stumm.

»Möchten Sie ein wenig Musik hören?« Gleichzeitig startet leise Entspannungsmusik.

»Öffne bitte das Fenster.« Ich ignoriere seine Frage, denn ich bekomme Beklemmungen.

»Das ist leider nicht möglich, Miss.«

»Was?« Ich gerate in Panik. »Halt an!«

»Bitte beruhigen Sie sich, Miss. Ich öffne das Dach für Sie.«

Sofort öffnet sich das Glasdach und meine Lungen inhalieren durstig die frische Luft. Ich schnalle mich ab und erhebe mich. Freiheit!

Der Wagen bleibt stehen und ich orientiere mich. Bis zur Brust stehe ich im offenen Dach, meine Unterarme liegen auf dem Rahmen und ich sehe mich um. Wenn ich mich nach hinten abrollen würde, könnte ich fliehen. Der Straße folgend, fände ich leicht wieder zum Tor zurück.

Linksseitig nehme ich durch die Bäume einen See wahr. Eine phantastische Aussicht, die mich sofort gefangen nimmt und von meinen Fluchtgedanken ablenkt. Die Umgebung ist so idyllisch und ruhig, dass ich versuche, meine paranoide Anwandlung unter Kontrolle zu bringen. *Dir geschieht nichts, Jordan. Bleib ganz ruhig. Was sollte dir ein Auto schon antun können?*

»Warum hältst du, sind wir schon da?«, frage ich verwirrt. Außer dem Weg, der geradeaus führt, entdecke ich keine Menschenseele weit und breit.

»Nein. Aus Sicherheitsgründen darf ich nicht weiterfahren.«

»Colin, du fährst wie eine alte Oma. Jeder Regenwurm hat noch Zeit aus dem Weg zu kriechen, wenn du kommst. Was soll passieren, wenn ich im offenen Verdeck stehe?«

»Sie haben sich abgeschnallt und das löst die automatische Fahrsperre aus«, antwortet Colin brav.

»Ach herrje. Hast du nie etwas Verbotenes getan?«

»Nein, Miss.«

Ich seufze laut auf und bewundere das Gelände. Es ist traumhaft hier. Riesige Lärchen, herbstlich gefärbte Zitterpappeln und Birken versehen die grünen Wälder rund um den See mit rötlich-gelben Tupfern. Am liebsten würd ich mein Handy herausholen und Fotos schießen.

»Stell dir vor, du wärst ein Mensch, ein richtiger Chauffeur. Was würdest du jetzt gern tun?«

»Sie meinen, wenn ich ein richtiger Mann wäre?«

»Ja«, antworte ich ungeduldig.

»Dann würde ich den störenden Knopf öffnen, der die Bluse über Ihrem Busen nur noch mit Mühe zusammenhält und mein Gesicht in Ihrer üppigen Fülle vergraben.«

In Lichtgeschwindigkeit sitze ich wieder auf meinem Platz in der Ecke, dick eingewickelt in meine Thermojacke, die Handtasche fest an die Brust darüber gepresst und den Schal bis zur Nase hochgezogen. Wer in aller Welt hat dieses Auto programmiert? Das Herz schlägt mir bis zum Hals und ich fühle mich exponiert.

Der Wagen steht immer noch. Schnell schnalle ich mich an, damit dieser Schwerenöter endlich zum Ziel kommt.

Sanft fährt Colin an und rollt weiter, als wäre nichts gewesen. *Himmel hilf!* Hoffentlich ist diese Fahrt bald zu Ende. Auf dem Rückweg werde ich laufen, das ist mal klar. Wer immer diesen Colin geschaffen hat, muss ein notgeiler Nerd sein.

HINTER DER NÄCHSTEN LICHTUNG SEHE ICH DAS Anwesen. Vermutet hatte ich ein futuristisches Flachdachgebäude im kubischen Stil. Nicht gerechnet habe ich mit der größten und gleichzeitig heimeligsten Lodge, die ich je gesehen habe. Graue Natursteine, Holzfenster in unterschiedlichen Größen, mal bunt, mal mit Sprossen oder auch bodentief. Mehrere Terrassen und Balkone lassen die Bewohner einen Rundumblick auf diese phantastische Umgebung genießen. Alles in allem vermittelt die Lodge den Eindruck eines zu groß geratenen kanadischen Holzhauses, das mit einer toskanischen Villa gekreuzt wurde.

Hinter dem Haus beginnt der Wald und nach vorne heraus blickt man auf den idyllischen See. Wirklich traumhaft!

»Willkommen im Maison d'Oreille.«

Gegen meinen Willen muss ich lachen. Der Erbauer hatte jedenfalls Humor. Ich habe ein paar Monate in Paris verbracht und Kurse an der Sorbonne belegt. Maison d'Oreille – *Ohrenhaus*, sehr lustig.

Die Flügeltüren des SUV öffnen sich nach oben, und ohne zu zögern steige ich aus.

»Ich wünsche Ihnen einen schönen Aufenthalt und freue mich auf ein baldiges Wiedersehen.«

Meine Lippen sind fest aufeinandergepresst, um dieser frechen Fahrgelegenheit keine schnippische Antwort zu geben.

. . .

ZÜGIG SCHREITE ICH DREI LANGGEZOGENE, BREITE Stufen aus Naturstein hoch. Die hölzerne Rundbogenhaustür ist mit außergewöhnlichen Schnitzereien verziert und ich stocke. Darauf abgebildet sind drei Wölfe, die vorsichtig zwischen Bäumen hervortreten. Diese Detailtreue ist einzigartig, etwas Ähnliches habe ich noch nie gesehen. Vor lauter Staunen vergesse ich zu klingeln und erschrecke, als die Tür nach innen aufschwingt.

»Bonjour Mademoiselle. Bitte treten Sie ein.« Gott sei Dank – ein Mensch. Eine ältere Dame in schickem Cut Anzug öffnet die Tür. Ihr graublondes Haar trägt sie zu einer Banane hochgesteckt. All das ergibt immer weniger Sinn. Weibliche Butler, autonome Autos mit anzüglicher Programmierung und geschnitzte Wölfe.

Du lieber Himmel, wo bin ich hier gelandet, frage ich mich stumm. Ich will doch bloß wissen, wo ich den Käufer von Daddys Porsche finde.

»Mein Name ist Roberta«, sagt die Frau, als sie mein Zögern bemerkt.

»Du hattest dich auf unsere anonymisierte Stellenanzeige beworben, nicht wahr? Als Haushaltshilfe.«

Anonymisierte Stellenanzeige?

Schnell schalte ich.

»Mein Name ist Jo.«

Roberta nickt mir freundlich zu. »Du musst entschuldigen, Jo. Wir leben hier ein wenig anders.

Wir duzen uns, nur Monsieur Saintclaire wird gesiezt. Er ist Ingenieur und erfindet immer irgendwelchen technischen Schnickschnack, der uns das Leben erleichtern soll.« Ihr Gesicht verzieht sich zu einem schiefen Lächeln.

Mein Herz klopft schneller, endlich bin ich dem letzten Wunsch meines Vaters einen Schritt nähergekommen. Die Adresse stimmt, der Käufer wohnt noch hier. *Yves Saintclaire.*

Sie hält die Tür auf und lässt mich eintreten. Das Haus ist von innen noch grandioser als von außen. Wunderschön geschnitzte Holzstreben, Treppen und verschiedene Ebenen mit Panoramafenstern, von denen man auf den riesigen See blickt. Überall bequeme Sofas und breite Clubsessel, die zum Abschalten und Träumen einladen. Gerade versinkt die Sonne hinter den Berggipfeln gegenüber und flutet die Lodge mit warmem Abendlicht.

»Hier, das müsstest du bitte ausfüllen.« Roberta hält mir einen Tablet-PC hin. »Einfach mit dem Finger, er wandelt Schreibschrift in Druckbuchstaben um. Setz dich, wohin du magst. Möchtest du etwas zu trinken?«

Stumm schüttle ich den Kopf. Meine Kehle ist zwar trocken und alles ist derart überwältigend, dass ich gut ein Gläschen Champagner vertragen könnte, aber ich habe Angst jeden Moment aufzufliegen. Sollte der Mann mir den Porsche nicht verkaufen wollen oder ihn nicht mehr besitzen, bin ich schneller wieder weg, als ich eine Tasse Espresso austrinken könnte.

Roberta lässt mich allein und ich setze mich auf den nächstbesten Stuhl; einen mit Leder bezogenen und kupferfarbenen Nieten beschlagenen Schemel, der aussieht, wie eine Filmrequisite aus ›Der letzte Mohikaner‹.

›PERSONALFRAGEBOGEN‹ STEHT AUF DEM DISPLAY DES Tablets, das ich ausfüllen soll. Ich beiße mir auf die Lippen. Eigentlich will ich bloß den Porsche zurückkaufen, aber ich habe Angst hinausgeworfen zu werden, wenn ich erst jetzt mit der Wahrheit herausrücke. Schon am Tor hätte ich mein Anliegen vortragen müssen, spätestens jedoch als Roberta mich willkommen geheißen hat. Vielleicht sollte ich zunächst versuchen, herauszubekommen, ob sich der Wagen überhaupt noch im Besitz des Hausherrn befindet. Wie umgänglich wird der Mann sein? Per E-Mail und Post bin ich keinen Schritt weitergekommen. Was soll ich tun? Wenn ich jetzt falsche Angaben mache, führt kein Weg mehr zurück.

4

JORDAN

»… Wie ich dir schon erklärt habe, muss das ganze Haus auf Vordermann gebracht werden. Am 23. Dezember werden wir eine riesige Sponsorenfeier ausrichten, dafür muss alles organisiert und vorbereitet werden. In deiner Bewerbung stand, du hättest etwas Erfahrung im Organisieren von Partys. Monsieur hat zwei Eventagenturen in der engeren Auswahl. Sobald er sich entschieden hat, wirst du ihr Kontakt sein, mit ihnen Termine machen und sie herumführen, damit sie wissen, wo das Büfett, die Eisskulpturen und so weiter hinkommen. Du wirst auch mit den humanoiden Putzhilfen zusammenarbeiten …«

Mittlerweile raucht mir der Kopf und normalerweise hätte ich mein Handy eingeschaltet, um ihre Anweisungen mitzuschneiden, aber private Handybenutzung ist strengstens untersagt. Dazu habe ich eine Einverständniserklärung unterzeichnen müssen.

Plötzlich höre ich einen Hubschrauber starten.

»Das ist Monsieur. Er hat einen Termin in San Francisco und kommt vor morgen nicht zurück«, erklärt Roberta.

NEIN. Entsetzt reiße ich die Augen auf. Er darf nicht wegfliegen! Ich muss doch zuerst wissen, ob er mir den Wagen verkauft.

»I-Ist er noch hier, kann ich ihn nicht kurz kennenlernen?«

Roberta schüttelt den Kopf. »Du wirst ihn irgendwann treffen, aber nicht vor Morgenabend.«

Ich fasse es nicht! War alles umsonst, hab ich mir den Nachmittag vergeblich um die Ohren geschlagen?

Ihr Blick bekommt etwas Habichtähnliches. »Du bist doch nicht hier, um dich an Monsieur heranzumachen, oder?« Entrüstet plustere ich meine Wangen auf. »Entschuldigung?! Ich vermute, die Frage war rhetorisch gemeint.«

Roberta nimmt offenbar kein Blatt vor den Mund.

Dieser ominöse ›Monsieur‹ muss mindestens fünfzig Jahre alt sein. Er hat den Porsche vor fast zwanzig Jahren gekauft und obwohl ich meinen Vater über alles liebe, bin ich nicht wie meine Mutter, die einen zwanzig Jahre älteren Mann geheiratet hat. Ich will diesen Monsieur nicht bezirzen, sondern ihm einen Deal vorschlagen.

. . .

VERFLIXT, JETZT MUSS ICH DIESE MASKERADE noch mindestens einen Tag länger aufrechterhalten. Das passt mir gar nicht. Ich – als Hausmädchen, mein Colin würde sich vor Lachen nicht mehr einkriegen.

»So, das Wichtigste habe ich dir jetzt gezeigt. Bis zur Party wirst du hier wohnen. Sei morgen früh um sieben Uhr zurück. Colin bringt dich zurück zum Tor.«

»Nein«, entfährt es mir. Alles, bloß das nicht! Ich lächle sofort, um meinen entrüsteten Ruf abzufedern. »Ich bin, ähm, ein Naturmensch und das Anwesen ist derart großartig, dass ich lieber laufe.«

»Das ist leider nicht möglich. Wir können dich hier nicht auf dem Gelände herumlaufen lassen.«

»Warum? Hier ist doch sicherlich alles mit neuester Überwachungstechnik ausgestattet«, wende ich ein. »Mich kann ja auch gern ein Roboter begleiten. Aber zwei Schritte hinter mir.«

Robertas Augenbrauen ziehen sich zusammen. »Gab es einen Vorfall mit Colin?«

»Ich, ähm … Kann ich nicht einfach laufen? Ich schwöre, ich stehle nichts.«

»Ich fahre mit. Wäre das ein Kompromiss?« Sie strahlt mich an, als wollte sie mich allein mit ihrem Lächeln zum Einlenken zwingen. Leider funktioniert es.

»Okay«, murmle ich schmallippig. Roberta könnte gut Staatsanwältin sein, mit ihrer Autorität zwingt sie jeden in die Knie. Selbst Colin – mein

Colin – würde vor ihr kuschen. Wenn Roberta dabei ist, wird sich der SUV hoffentlich benehmen.

»Wunderbar. Dann kann ich sofort überprüfen, ob der Wagen richtig funktioniert.«

Sie tippt auf ihrem Tablet herum, das offenbar mit ihrer linken Handfläche verklebt ist, denn sie hat es bisher noch kein Mal abgelegt und mir kommt ein Verdacht.

»Bist du ein Mensch?«, frage ich geradeheraus. Sollte sie auch eine Erfindung sein, werde ich sofort Reißaus nehmen!

Roberta lacht schallend. »Bitte entschuldige, du bist wirklich erfrischend. Natürlich bin ich ein Mensch, aber gut möglich, dass ich mich unbewusst den Robotern angepasst habe. Früher war ich Schauspielerin.«

Aha. Möglicherweise ist sie mehr als nur eine Angestellte, sondern Monsieurs Liebchen. Groß, blond, attraktiv. Sie erinnert mich an den Borg aus *Star Treck Voyager*. Vielleicht spielen die beiden im Schlafzimmer *Captain Pickard* und *Seven of Nine*. Bei diesem Gedanken muss ich aufpassen, nicht in lautes Gelächter auszubrechen.

Die Haustür öffnet sich und Colin rollt vor.

»Guten Tag, mein Name ist Colin.« Die Autotüren öffnen sich und ich steige ein, gefolgt von Roberta, die sich auf jenen Platz setzt, auf dem ich zuvor gesessen habe. Nervös klammere ich mich an meine Handtasche und stopfe den Schal über alles, was nach Busen und Hals aussieht. Den Reißverschluss der Jacke hab ich vorm Einsteigen schnell hochgezogen.

»Colin, Temperatur auf 23 Grad. Und Sitzheizung an«, befiehlt Roberta mit skeptischem Blick auf mich.

Mir egal, dass sie mich für verrückt hält. Hauptsache, keine der unsichtbaren Kameras registriert meine Haut unterhalb des Kinns.

»Colin, starte Protokoll des heutigen Tages ab sechzehn Uhr.«

Gespannt lausche ich, wie er sich aus der Affäre ziehen will.

»Befehl zum Transport um siebzehn Uhr, zwei Minuten und neun Sekunden. Administratorrechte um siebzehn Uhr, fünf Minuten und sechsundfünfzig Sekunden …«

»Stopp Sprachsteuerung«, ruft Roberta laut und ich zucke zusammen. Sie scheint beunruhigt. *Ha, jetzt steckst du in Schwierigkeiten, Bübchen.*

»Fehler entdeckt?«, frage ich betont unschuldig.

»Nein, äh. Bitte entschuldige, Jo. Es muss tatsächlich ein Fehler vorgelegen haben. Was genau ist denn vorgefallen?«

Jetzt stecke ich in Schwierigkeiten und überlege schnell, was ich sagen könnte.

»Er fuhr viel langsamer als jetzt.«

Das tat er tatsächlich, denn schon sehe ich das Tor. Auf dem Hinweg waren wir bestimmt zehn Minuten unterwegs. Die Strecke erschien mir auch länger. »Und ich glaube, er hat sich verfahren«, ergänze ich schnell. Roberta starrt sinnierend vor sich hin, statt wie erwartet zu reagieren: Empört, entschuldigend, lächelnd. Stattdessen verfällt sie in bedrückendes Schweigen.

Der bullige Wagen hält an und die Türen öffnen sich.

»Auf gute Zusammenarbeit.« Roberta streckt mir die Hand entgegen. »Morgen um sieben Uhr, nicht vergessen.«

Ich ergreife sie und nicke verhalten.

»Keine Sorge, morgen hole ich dich persönlich ab. Colin wird erst mal in der Garage bleiben, bis Monsieur zurück ist und … ihn repariert hat.«

BRUNO

»NA, WIE LÄUFT ES ZUHAUSE, ROBERTA?«

Die Party war toll, ich habe mindestens zwei potentielle Sponsoren um den kleinen Finger gewickelt. Bisher war es eine schöne Nacht und ein noch besserer Morgen. Meine blonde Gespielin ruht sich aus, während ich mit wenig Schlaf auskomme.

»Rufen Sie Robby an und fragen nach.«

Oh oh, Roberta hat schlechte Laune.

Ich lache amüsiert. »Robby ist aber nicht so charmant wie Sie.«

»Dafür ist Colin neuerdings umso charmanter.«

Meine Hand, die Tammies nackten Po massiert, stoppt und ich brauche einen Moment, um ihre Anspielung zu verstehen. Ui, mein kleiner Ausrutscher von gestern mit dem hübschen Rotschopf ist aufgeflogen. Sexuelle Belästigung ist unentschuldbar, vor allem gegenüber einer Person, die meiner Technik hilflos ausgeliefert war. Ich konnte allerdings nicht anders, als sie mir ihren prallen Busen via Kamera ins Gesicht drückte.

»Hat sie abgesagt?«

»Nein, aber dafür muss ich sie gleich vom Tor abholen, denn von Colin will sie nichts mehr wissen. Darf ich fragen, was vorgefallen ist, Monsieur?«

Tammy hebt den Kopf, wirft ihr blondes Haar nach hinten und sieht mich verführerisch an. Meine Finger massieren ihre süße Kehrseite, bis sie sich umdreht und übers Bett zu meinem Schoß heranrobbt. Ich lehne mich nach hinten und verschränke einen Arm hinter dem Kopf, während Tammys Lippen meinen Bauch küssen und sich weiter nach unten vorarbeiten.

»Nichts«, brumme ich, »kommt nicht wieder vor. Bis heute Abend.«

JORDAN

DER NÄCHSTE MORGEN IST HART. ICH BIN KEIN Morgenmensch, funktioniere nicht vor ein Uhr mittags. Unter der Dusche drehe ich das Kaltwasser auf. »Iiiih!«

Schnell reguliere ich heißes Wasser hinzu.

Hui, das war kalt. Mein Körper ist mit Gänsehaut überzogen. Ich gebe flüssige Seife auf meinen Duschschwamm und rubbele mich damit ab. Ich hab Mamas blasse Haut geerbt, aber leider nicht ihre Haarfarbe. Ich bin die Mischung aus ihrem schwarzen und Daddys blondem Haar – nämlich kastanienbraun, wie Emma Stone. Viele sagen rot dazu, aber das ist falsch. Es ist kastanienbraun. Als ich jung war, hab ich viele Haarfarben ausprobiert. Jetzt, mit meinem M.P.A. Abschluss, also dem Master in Public Affairs, möchte ich ins Management einsteigen, und unsere Hotelkette auf Vordermann bringen. Ich weiß genau, dass mich all die alten weißen Männer verachten. Daddys Little Princess. *Die kann nichts*, denken sie. Ich habe nicht die mondäne Ausstrahlung meiner Mutter, trage lieber Jeans und Sweatshirts, statt in eleganten Roben und juwelenbehangen auf Abendveranstaltungen herumzustolzieren. Die Crawford-Erbin, wie man mich nennt, fliegt lieber unerkannt unter dem Radar internationaler Presse. Als kleines Mädchen durch die Gazetten und ins Rampenlicht gezerrt zu werden, hat mir gereicht. Die *Familie*, so wird die Hotelkette genannt, hat seit Jahren eine erfolgreiche PR-Agentur, die ab und an eine gezielte Neuigkeiten über Daddys Gesundheitszustand streut, damit die Meute sich kurz draufstürzt – und sogleich eine neue Sau durchs Dorf treibt.

IN EUROPA IST MAN GELD GEWOHNT, DA FLIPPT niemand aus, wenn der Fürst von Soundso mit einer Freundin am Strand spaziert oder der Erbe von Diesunddas betrunken Auto fährt. Hier in den Staaten – besonders an der Westküste, wird stets ein riesiges Tamtam veranstaltet. Darum bin ich lieber an der Ostküste. In Princeton hatte ich meine Ruhe, weil dort mehr als zwei Drittel aller Absolventen aus wohlhabenden Familien stammen. Jetzt muss ich allerdings auf der Hut sein, denn einerseits bin ich im heiratsfähigen Alter und andererseits gibt es im Management viele Neider. Beinahe sehe ich schon die ersten Negativschlagzeilen vor meinem geistigen

Auge. Das Püppchen mit dem Alibi-Job oder Ähnliches.

Dass ich aus eigener Kraft Ivy League Absolventin bin, interessiert niemanden. Die werden sich noch wundern. Deshalb ist mein kleiner Ausflug zu diesem Tüftler gar nicht so uninteressant, denn der größte Kostenfaktor ist das Personal. Vielleicht entdecke ich Einsparungspotential, das die alten Herren erblassen lässt. Kofferwagen, die autonom zum richtigen Zimmer fahren, zum Beispiel. Ja, das wär's.

Falls es nicht so läuft wie erhofft, weil Monsieur Saintclaire Dads Wagen nicht mehr besitzt, werde ich mein Hausmädchen-Dasein dennoch etwas auskosten, um mehr über Künstliche Intelligenz erfahren.

MEIN HANDY KLINGELT, ALS ICH AUS DEM BAD komme.

Auf dem Display erscheint nicht Colin, mit dem ich eigentlich gerechnet habe, sondern Brendon.

»Hallo?«

»Hi, Babe. Wo bist du?«

Ich ignoriere seine anzügliche Bemerkung. Brendon und ich waren ein paar Monate lang ein Paar in Princeton. Er will Senator werden und in die Fußstapfen seines Vaters treten. Ich schaue auf die Uhr. »Es ist fast sechs, Brendon. Die wichtigere Frage ist, wo bist du?«

»Sechs? Müsste es nicht fast acht bei dir sein? Ich bin in Barcelona.«

»Ich hab jetzt keine Zeit, viel Spaß in Spanien, grüß mir den König, Bye.« Ich drücke ihn weg und schalte das Handy aus. Wie so viele, war Brendon nur wegen meiner Herkunft mit mir zusammen, und weil Männer halt Schweine sind und jede vögeln, die nicht bei drei auf dem Baum sitzt. Ich war bloß ne namenhafte Kerbe in seinem Bettpfosten.

Ich mag Sex und liebe es, mit jemandem zusammen zu sein. Gemeinsam zu lachen, Zweisamkeit. Aber bisher habe ich nur zwei Sorten Männer kennengelernt: Die einen, die meinen, ich sei eine passende Partie. Und die anderen, die sich durch mich Aufstiegschancen versprechen. Es ist immer dasselbe: Niemand will mich um meiner selbst willen, hat Interesse daran, *mich* kennenzulernen.

Ich hab schon oft überlegt, mir eine falsche Identität zuzulegen, aber über den Gedanken bin ich bisher nie hinausgekommen. Dieser neue Job bei Monsieur Saintclaire eröffnet mir völlig neue Möglichkeiten.

Solange er nicht zuhause ist, muss ich den Schwindel nicht aufklären und wenn der alte Herr zurückkehrt, ist das Ganze bestimmt ein verzeihenswerter Fehler. Dafür putze ich auch gern mal die Zimmer. Klingt nach einem Plan.

Zuversichtlich beginne ich, mein langes Haar kopfüber zu bürsten und zu föhnen.

Mein erstes echtes Kompliment habe ich gestern von einem selbstfahrenden Wagen bekommen. Colin wusste ja nicht wer ich bin, wahrscheinlich ist er darauf programmiert, einfach auszuwerten, was er sieht. Meine Mundwinkel zucken. Wenn er ein Mann wäre, hätte ich mich gefreut.

Ach was, ich freu mich auch so. *Verrückt!* Wenn die Entwicklung in Sachen Künstlicher Intelligenz weiter voranschreitet, date ich in ein paar Jahren nur noch Roboter. Die haben wenigstens keine Hintergedanken.

7

JORDAN

Sᴇɪᴛ ᴢᴡᴇɪ Tᴀɢᴇɴ ʙɪɴ ɪᴄʜ ɴᴜʀ ɴᴏᴄʜ Jᴏ ᴜɴᴅ reinige mit Robby, Kirsten und Salvatore Zimmer, poliere Silber und schrubbe Gäste-WCs. Keine der drei ist ein Mensch, was ziemlich komisch ist. Vor allem, weil mein Rücken mittlerweile bei jeder Bewegung schmerzt, während diese Humanoiden keine Miene verziehen.

›Monsieur‹ hat sich bisher nicht blicken lassen und ich traue mich nicht, zu fragen, wann er zurückkommt. Roberta sagte etwas von Terminen im Silicon Valley. Langsam geht mir die Puste aus, und ich will raus aus meiner Hausmädchen-Uniform. Dass ich derartige Verrenkungen mache, um Daddys Porsche zurückzubekommen, war nicht geplant und mittlerweile bereue ich die Scharade.

Mit Kirsten hatte ich eben eine Auseinandersetzung, da ich wissen wollte, wo die Wäschekammer ist. Das wollte mir dieser sture Humanoid nicht verraten, sondern sagte immer nur: »Geben Sie mir Ihre Wäsche. Geben Sie mir Ihre Wäsche.« Enervierend diese Dinger!

Der kleine Robby ist netter. Auf meine Frage, auf welcher Etage die Wäschekammer läge hat er hilfreich erklärt, dass der Wäscheraum neben der Garage im Untergeschoss sei.

Darum schleiche ich jetzt zu später Stunde mit Wäschesack unterm Arm, barfuß durchs Haus. Ich werde nämlich zwei Fliegen mit einer Klappe schlagen: Meine Unterwäsche waschen und den Porsche finden, der bestimmt in der Garage steht. Da der Aufzug ins Souterrain sprachgesteuert ist und wahrscheinlich alles gespeichert wird, nehme ich vorsichtshalber die Nottreppe. Und finde den Wäscheraum tatsächlich. Die Tür ist nicht verschlossen und darin stehen − Gottlob − keine Androiden mit Wäschetrommel als Bauch, sondern herkömmliche Waschmaschinen.

Ich blicke nach rechts und links, suche die Decken nach Kameras ab und ziehe flugs meine Unterwäsche aus. Diese werfe ich zusammen mit der anderen Schmutzwäsche in die Trommel, dazu einen Waschmittel-Pod. Dass die Waschmaschine gleichzeitig als Trockner fungiert, kommt mir sehr gelegen und ich programmiere freudig meine Wünsche ein.

So, erledigt. Als Nächstes muss ich die Garage finden. In Agatha-Christie-Manier schleiche ich mich durch die Gänge, bis ich vor einer feuerfesten

Tür lande. Das muss sie sein, hoffentlich ist sie nicht zugesperrt.

Ich drücke die Klinke und ziehe die schwere Tür auf. Tatsächlich. Automatisch flammt die Deckenbeleuchtung auf und schaltet sich über die gesamte Länge des Hauses ein. Ich blinzle. Locker zwanzig Fahrzeuge stehen hier. *Oh je,* ein Sammler! Dabei habe ich doch von Autos so viel Ahnung wie ein Schwein vom Fliegen. Jede Menge nagelneuer flacher Flitzer in Schwarz, oder Silber. Von blauen, roten und grünen Autos scheint er nicht viel zu halten. Auf der anderen Seite der Halle stehen die Oldtimer.

Verflixt! Die Fotos von Daddys Modell hatte ich zwar im Internet angeklickt, aber jetzt sehen diese Oldtimer alle gleich aus.

Wie hieß das Auto noch? Porsche 357? Und war er Silber oder cremefarben? Ich schleiche durch die Reihen und versuche, keines der teuren Luxuskarossen zu berühren.

Es geht nicht anders, ich muss die Wagen umrunden und schauen, ob ein Typenschild am Heck angebracht ist oder ich den Wagen vielleicht von hinten erkenne.

8

BRUNO

»Monsieur?«

Ich komme gerade aus der Dusche, als ich Robbys Stimme vernehme.

»Ja, Robby?« Ich rubble mir das Haar mit einem Handtuch trocken.

»In der Garage ist der Bewegungssensor aktiviert worden.«

»Was? Monitor an. Kamera Garage eins an«, befehle ich.

Die Oberbeleuchtung ist eingeschaltet, aber das Tor verschlossen. »Garage zwei« gebe ich die Regieanweisung. Irgendwo muss der Übeltäter stecken.

Na sowas, da sehe ich sie! Mein neues Hausmädchen in ihrer Dienstuniform. Das Haar fällt ihr offen den Rücken herab, während sie an Lamborghini und dem Mercedes vorbei, zu meinen Oldtimern schleicht. *Hm.*

Der süße Rotschopf umkreist das Heck eines

Wagens, als suchte sie etwas und huscht dann zum zweiten. Schnell schnappe ich meinen Bademantel.

»Aufzug dritte Etage«, belle ich.

Sofort öffnen sich die Türen und ich steige ein. Dieses Früchtchen schnappe ich mir. Wie kann sie es wagen, sich an meinem Besitz zu vergreifen? Da möchte man heutzutage menschenfreundlich sein und wählt anonymisierte Bewerbungsverfahren, nur um dann Verbrecher anzuheuern.

Ich hätte es besser wissen müssen und diese Einsicht ärgert mich. Wenn jemand nichts zu verbergen hat, bewirbt er sich transparent und mit vollem Namen.

Leise öffne ich die Stahltür und lasse sie langsam zugleiten, nicht ohne sie mit einem Code zu verriegeln. Die entkommt mir nicht!

Das Früchtchen ist derart abgelenkt, dass sie mich erst wahrnimmt, als ich dicht hinter ihr stehe.

»Kann ich helfen?«

Erschrocken fährt sie herum und reißt ihre Augen auf.

Sie ist wunderschön, ihre Augen haben die gleiche Farbe wie das Moos im Wald hinter der Lodge. Eine entzückende Röte schießt in ihre Wangen und sie beißt sich auf ihre volle Unterlippe. Das dichte rötlich-braune Haar umspielt ihre Schultern und Oberarme.

Ehe ich mich beherrschen kann oder sie Zeit für

Einwände hätte, liegt mein Mund auf ihren Lippen, ziehe ich sie eng an mich und in meiner Brust explodieren kleine Feuerwerke. Sie schmeckt süß und nach mehr. Ihre Zunge ist wie ein Karamellbonbon und ich will es zum Schmelzen bringen, lutsche daran, necke sie, will sie ganz.

Zuerst spüre ich einen leichten Druck gegen meine Brust, der jedoch nachlässt, als ich ihre Pobacken packe und sie hochhebe. Wow! Unter dem kurzen Rock ist sie nackt.

»Danke für die Einladung«, keuche ich und meine Zunge fährt an ihrem Hals entlang, bis zu der Stelle, die sie zum Seufzen bringt. Meine Finger finden ihre warme Mitte und massieren sie. Sofort spüre ich Feuchtigkeit. Die Süße ist bereit und ich bin es auch.

Ihre Hände versuchen, an meinen Schultern Halt zu finden, während ich ihren Po auf einem Kotflügel platziere und meinen Bademantel zur Seite schiebe. Ich fasse ihren Nacken, stürze mich erneut auf ihren Mund und meine runden Spitze berührt warme weiche Herrlichkeit.

Der Rotschopf wirft den Kopf zurück und präsentiert mir ihre Kehle. Auch diese Einladung nehme ich nur allzu gern an und sauge mich an ihrer Haut fest, während ich mein Becken vor- und zurückpendeln lasse.

»Bitte«, keucht sie und ich halte ein.

»Bitte ja, oder bitte nein?« Provozierend langsam lasse ich die Hüften kreisen, reibe mich an ihr. Sie stöhnt auf und ihre wunderschönen dunkel-grünen Augen ziehen mich in die Tiefe.

»Bitte mehr.«

Das lasse ich mir nicht zweimal sagen. Ohne Vorwarnung ramme ich mich bis zum Anschlag in sie und sie schreit auf.

»Ich hoffe, du bist keine Jungfrau«, keuche ich zwischen zwei Stößen, denn sie ist derart eng, dass es fast wehtut.

Ihr Kopf sinkt nach hinten und ihr Oberkörper wölbt sich mir entgegen. Sie genießt es und das turnt mich nur noch weiter an. Während ich mich wieder und wieder in sie schiebe – und bei jedem ›vor‹ fast den Verstand verliere, reiße ich mit beiden Händen ihre Bluse auf. Da sind sie, leibhaftig. Unter jedem Stoß erzittern die beiden üppigen Hügel und ihr Anblick bringt mich viel schneller zum Höhe-punkt, als gewollt. Ich bin im Himmel. Fuck! Beide Hände in ihre weiche Pracht gekrallt, ergieße ich mich tief in ihr.

Kurz verharre ich und ringe nach Luft. Sowas ist mir noch nie passiert. Meine Lippen fahren über ihre zarte Haut, spüren ihren Puls, der wie ein Vögelchen im Käfig auf und ab flattert. Sanft lege ich eine Hand auf ihren flachen Bauch, hocke mich vor sie und sorge mit Zunge, Lippen und Fingern für Gleichstand.

9

JORDAN

Wᴇɴɴ ᴍᴀɴ ᴊᴜɴɢ ɪsᴛ, ʙᴇɢᴇʜᴛ ᴍᴀɴ ᴠɪᴇʟᴇ Dummheiten. Hasch rauchen, Ladendiebstahl, betrunken Auto fahren. Alles habe ich irgendwann mal ausprobiert und im Nachhinein bereut.

Dies ist allerdings bei Weitem die dümmste aller Dummheiten, die ich je bereut habe, und ich bin schon dreiundzwanzig Jahre alt.

Alles in mir vibriert. Meine Vagina summt seit dem Vorfall letzter Nacht Beethovens Fünfte.

Unfassbar! Ich hatte Sex mit einem Mann, den ich nicht kenne.

Ich weiß nichts über ihn. Dieser schwarzhaarige Adonis mit Gesicht und Körper eines Michelangelo und dem heißen Blick eines Latinos, hat einfach meinen Rock hochgehoben und das simple Fehlen von Unterwäsche als Einladung verstanden, sich in mich hineinzupumpen.

Schamlos war ich.

Michelangelo hat mich keinen Moment aus den Augen gelassen, als wir ›fertig‹ waren. In tiefster Demut habe ich meine saubere Wäsche aus der Waschmaschine genommen und an mich gepresst, während er mich zu meinem Zimmer begleitet hat.

Kurz hat er gezögert, als wollte er mir folgen, aber dann hat er bloß »Wir reden morgen«, gesagt und mir einen letzten Kuss gegeben.

Wenn er dem Monsieur davon erzählt, bin ich geliefert. Ich habe die restliche Nacht kein Auge zugetan und mich hin- und her gewälzt.

Es gibt zwei Möglichkeiten: Solch einen durchtrainierten Körper bekommt man höchstens von viel Sport oder von viel körperlicher Arbeit. Folglich ist er entweder ein Arbeiter hier auf dem Gelände – oder der Sohn von Monsieur, der viel Freizeit hat. Beides gleichschlimm.

Michelangelo trug einen Bademantel, darum tippe ich auf die Höchststrafe: Sohn.

Tränen kullern mir die Wange hinab. Warum hat dieser Monsieur nicht einfach auf einen meiner Briefe geantwortet? Zweifelsohne wäre ich dann nie in den Genuss solch zügelloser Leidenschaft gekommen, aber ich bin nicht hier, um mich überwältigenden Fleischeslüsten hinzugeben. Wie soll ich Daddy seinen Wunsch erfüllen, nach dieser Nacht?

Es klopft.

»Guten Morgen, Jo. Hier spricht Robby. Darf ich eintreten?«

Der stets gut gelaunte, süße unschuldige Robby.

»Nein!« Und wieder laufen Tränen. Ich habe

den kleinen weißen Kerl ins Herz geschlossen. Aber ich will jetzt niemanden sehen und habe noch vier Minuten, ehe ich in der Küche erscheinen muss.

Oder gefeuert werde.

Nein, überlege ich. Ich will nicht gefeuert werden, stattdessen kündige ich. Genau! Das ist sowieso die beste Lösung, so entgehe ich der Schmach, Monsieur und Michelangelo unter die Augen zu treten.

»Roberta?« Ich berühre das Tablet und starte die Verbindung zur Küche.

»Guten Morgen, Jo. Ich bereite gerade das Frühstück für Monsieur vor«, entgegnet sie geschäftig, ohne aufzusehen. »Er ist heute Nacht zurückgekehrt und du wirst ihn nach dem Frühstück kennenlernen.«

Ganz sicher nicht!

»Es tut mir sehr leid und ich entschuldige mich für die Umstände, aber ich kündige«, ringe ich um Worte und unterdrücke ein Schluchzen.

BRUNO

Stetiges Klopfen schleicht sich in meinen Tiefschlaf und katapultiert mich zurück auf die Bewusstseinsebene. Das Klopfen wird energischer und ich werfe mir ein Kissen über den Kopf, damit dieses nervige Geräusch aufhört. Hundemüde bin ich und nicht gewillt, vor dem jüngsten Gericht aufzuwachen.

Plötzlich werden mir Decke und Kissen entrissen und ich spüre einen kalten Luftzug.

»Monsieur«, donnert eine Stimme direkt vor meinem Gesicht. Ich öffne ein Auge.

»Roberta«, krächze ich verschlafen. »Brennt's?«

»Ja, gleich unter Ihrem Hintern. Jo hat gekündigt.«

Jo? Wer ist Jo? Keiner meiner Roboter heißt Jo.

»Die neue Haushaltshilfe«, ergänzt Roberta mit eisigem Blick. »Was auch immer Sie getan haben, machen Sie es ungeschehen. In vier

Wochen ist Weihnachten und Sie haben sich immer noch nicht für eine Eventagentur entschieden. Die Arbeit türmt sich und wenn Sie nicht wollen, dass ich heute meinen Zehn-Jahres-Urlaub nehme, dann bewegen Sie ihren Arsch aus dem Bett und holen das Mädchen ein.«

Ich brauche einen Augenblick, bis die Worte von meinen Ohren im Hirn und dann auch in meinem Verstand ankommen.

»Sie hat gekündigt? Wieso?« Unser kleines Intermezzo war denkwürdig und schreit nach einer Wiederholung. »Ich hatte Robby doch programmiert, ihr Blumen zu bringen.«

Robertas Blick wird noch eisiger. »Hatten Sie Sex?«

Ich reibe mir über mein unrasiertes Kinn.

»Da hört sich doch alles auf! Sie sind doch erst vor ein paar Stunden zurückgekehrt. Wann? Wie – Nein! Ich will es nicht wissen.« Sie schüttelt den Kopf und schließt die Augen. »Unfassbar! Das wievielte Hausmädchen ist das nun?«

Genervt entreiße ich ihr die Bettdecke, ohne die ich mich etwas entblößt fühle. »In zehn Jahren vielleicht das vierte. Das ist ein normaler Schnitt«, verteidige ich mich.

»Bei fünf Hausmädchen vier flachzulegen, ist kein normaler Schnitt, das ist Ihrer Familie unwürdig.«

An dieser Stelle muss ich anmerken, dass das dritte Hausmädchen eine fünfundfünfzigjährige ehemalige Nonne war. Sie hat gekündigt, weil sie meinte, humanoide Roboter seien Teufelszeug.

»Dann packe ich mal«, sagt Roberta mit hocherhobener Nase, lässt die Kissen fallen und geht. »Fröhliche Weihnachten und einen guten Rutsch!«

»Moment«, rufe ich ihr hinterher, aber sie ist kein Roboter, sondern ein Mensch. Ein sehr ungehaltener noch dazu. Die Tür knallt ins Schloss.

»Robby, wo ist das neue Hausmädchen?«

»Guten Morgen, Monsieur. Soll ich den Weckcode für elf Uhr dreißig löschen?«

Ich rolle mit den Augen. »Ja. Wie heißt das neue Hausmädchen?«

»Weckcode für elf Uhr dreißig gelöscht. Wir haben kein neues Hausmädchen.«

Okay, mein Geduldsfaden bekommt Risse. Ich werde Robbys Programmierung an einigen Stellen spezifizieren müssen.

»Robby, wie heißt das Hausmädchen?«

»Wir haben kein Hausmädchen, Monsieur.«

»Herrje, Robby! Wie heißt das Hausmädchen, das heute gekündigt hat?«

»Jo, Monsieur.«

»Wo ist sie?«

»Sie hat gerade das Haus verlassen, Monsieur.«

Ich springe aus dem Bett und erreiche das Fenster. Niemand ist zu sehen.

»Robby, hast du ihr die Blumen gegeben?«

»Nein, Monsieur.«

Okay, ich atme tief durch. Roberta hat recht, manchmal sind meine Roboter ein Fluch.

»Robby, warum hast du ihr die Blumen nicht gegeben?«

»Sie wollte sie nicht.«

»Robby, spiel die Sequenz des Gesprächs ab, in der du ihr die Blumen angeboten hast.«

»Guten Morgen, hier ist Robby. Darf ich eintreten?«

»Nein«, hört man gedämpft.

»Das ist alles?«, frage ich den kleinen Androiden.

»Der Befehl lautete: Gib ihr die Blumen, wenn du in ihr Zimmer kommst. Ich bin nicht in ihr Zimmer gekommen.«

Ja, ich habe den Befehl so formuliert, damit Roberta nicht unbedingt sofort mitbekommt, dass ich dem Hausmädchen Blumen schenke. Im Nachhinein reichlich unüberlegt, denn die darauffolgende Kettenreaktion aufgrund der nicht überreichten Blumen führte dazu, dass Jo gekündigt hat und mein Leben den Bach runtergeht, weil Roberta ihren Zehn-Jahres-Urlaub nimmt.

Da! Links im Blickfeld sehe ich meinen Rotschopf. *Den* Rotschopf, verbessere ich mich.

Ich muss sie aufhalten, bin aber noch nackt. Während ich etwas zum Anziehen suche, überlege ich fieberhaft, was ich tun kann.

JORDAN

ICH HÖRE EIN LEISES SURREN HINTER MIR UND lenke meine Schritte an den rechten Rand des Asphalts, um niemandem im Weg zu sein.

Ein riesiger Reifen rollt in mein Sichtfeld.

»Guten Morgen. Mein Name ist Colin.«

»Ich weiß, wie du heißt«, murmle ich in meinen Schal und gehe weiter, die Augen starr auf die Straße vor meinen Füßen gerichtet.

»Ich bin ein autonomes Transportmittel, möchten Sie einsteigen?«

»Nein.«

»Entschuldigung, diesen Befehl kenne ich nicht.«

Während er neben mir her rollt, öffnen sich die Türen.

»Ach nee, mit offenen Türen darfst du fahren, aber wenn sich ein Passagier abschnallt, hast du eine automatische Sperre?«

»Zurzeit sitzt niemand im Wagen.«

»Grmpf.« Ich erspare mir weitere Worte und suche nach einem Taschentuch, denn das in meiner Hand ist durchnässt.

Hektisch wühle ich in der Handtasche, denn mir läuft die Nase.

»Ich bin ein autonomes Transportmittel, möchten Sie einsteigen?«

»Nein.«

»Diesen Befehl kenne ich nicht.«

In diesem Moment reißt die Lasche an meiner Handtasche und unglücklicherweise fällt der gesamte Inhalt heraus, verteilt sich auf der Straße.

»Nein«, rufe ich und kneife vor Schreck die Augen zu. Mein Lippenstift rollt vor den Hinterreifen. Ich kann nicht hinsehen! Mein Lieblingslippenstift, Rouge Noir.

»Diesen Befehl kenne ich nicht«, höre ich Colins Stimme.

Ich lasse mich auf die Knie fallen, schlage mir die Hände vors Gesicht und beginne bitterlich an zu weinen. Mein Leben ist ein Chaos, alles geht schief. Ich bin ganz allein auf der Welt, für meinen Vater existiere ich nicht und in vier Wochen ist Weihnachten. Mir fehlt mein bester Freund Colin.

»Mein Name ist Colin, ich bin ein autonomes Transportmittel, möchten Sie einsteigen?«

»Kannst du nicht einfach die Klappe halten?« Ich putze mir die Nase. »Hau ab und lass mich allein!«

»Diesen Befehl kenne ich nicht.«

»Gott, bist du eine Nervensäge.«

»Gotteslästerung ist in vielen Teilen der Welt strafbar.«

Meine Mundwinkel zucken kurz, aber schon hat mich mein Weltschmerz zurück.

»Warum passiert alles Schlimme immer mir?«, brabble ich vor mich hin und beginne, meine Utensilien wieder einzuräumen. Den Lippenstift vor seinem Hinterreifen kann ich zum Glück gerade noch retten.

»Was ›alles Schlimmes‹ ist geschehen? Soll ich Monsieur informieren?«

»Nein, bloß nicht.«

»Diesen Befehl kenne ich nicht.«

»Bitte! Bitte nicht«, flehe ich ihn an. Das fehlte mir noch! Erneut fließen Tränen. »Ich kann deinem Monsieur nicht unter die Augen treten, bitte melde mich nicht.«

»Warum?«

»Diesen Befehl kenne ich nicht«, äffe ich ihn nach und verstecke mein Schmunzeln in einem frischen Taschentuch, mit dem ich mich ausführlich schnäuze.

»Es regnet«, bemerkt Colin.

»Wow, Blitzmerker. Du hast also Regensensoren.« Ich rapple mich auf und schlage mir den Dreck von den nassen Knien meiner Stoffhose. Er hat recht, es regnet.

»Ihr Blutdruck ist etwas schwach, Sie haben noch nicht gefrühstückt, sind emotional aufgewühlt, Ihnen ist kalt und Sie sind nass. Ich bin ein autonomes Transportmittel, möchten Sie einsteigen?«

»Ich würde sehr gern einsteigen, aber als ich das letzte Mal alleine mit dir fuhr, wolltest du dein Gesicht in meinen Busen drücken.«

»Ich würde mein Gesicht in Ihrer üppigen Fülle vergraben, wenn ich eins hätte, waren meine Worte, um korrekt zu sein.«

»Jaja«, entgegne ich brummig. »Welcher normale M-Roboter sagt so etwas zu einer fremden Frau? Das ist nicht sehr vertrauenserweckend.«

»Frauen lieben Komplimente.«

»Frauen lieben Komplimente wie: Sie haben schöne Hände oder schönes Haar. Aber nicht: Ihr Busen ist so üppig, ich möchte mein Gesicht darin vergraben. Das war unpassend.«

»Aber ich habe kein Gesicht.«

»… Aber Sensoren in den Sitzen. Wer weiß, welche Informationen du sammelst, wenn eine Frau ihr Gesäß und ihre ähm … primären Geschlechtsteile auf deine Sitze drückt.«

»Diese Informationen wurden bisher nie gespeichert und ausgewertet, aber ich werde die Idee gern an Monsieur-«.

»Untersteh dich«, unterbreche ich ihn, »nichts weiterleiten! Dein Monsieur soll gar nichts über mich erfahren.«

»Warum? Mögen Sie Monsieur nicht? Hat er Ihnen gegenüber ein unpassendes Kompliment gemacht?«

Ich presse die Lippen aufeinander. »Ich kenne Monsieur nicht.« Wieder muss ich weinen, denn nun habe ich kein Weihnachtsgeschenk für meinen

Vater. Und bald – eigentlich schon längst – habe ich keinen Vater mehr.

»Warum waren Sie heute Nacht in der Garage?«

Meine Verwunderung darüber, dass Colin Bescheid weiß, hält nicht lange vor. Er stand auch dort, fällt mir ein.

»Ich habe etwas gesucht.«

»Haben Sie es gefunden?«

»Nein. Leider nicht.«

»Haben Sie es dort verloren? Was ist es? Vielleicht kann ich Ihnen helfen?«

Ich schlucke schwer. Mir kann niemand helfen. Oder vielleicht doch?! Fragen kostet bekanntlich nichts.

»Steht ein Porsche 356 Speedster in der Garage?« Sobald ich heute Nacht wieder im Zimmer war, hab ich die Typenbezeichnung des Kaufvertrages auswendig gelernt.

»Sind Sie eine Autodiebin?«

»Was? Nein«, rufe ich empört, »natürlich nicht! Ich weiß leider nicht, wie so ein Auto aussieht. Mein Vater hat mir immer davon vorgeschwärmt. Ich … dachte, dass dein Monsieur vielleicht so ein Auto hat, aber als ich dann in der Garage stand …«

»Sie sind keine Autodiebin?«

»Nein, das sagte ich doch schon. Für mich sehen alle Autos gleich aus. Ein paar Modelle kenne ich, aber diese Oldtimer ….« Ich seufze schwer.

Wahrscheinlich ist er nicht darauf programmiert zu antworten, und ich setze meinen Weg fort. Wäre ja auch zu schön gewesen.

»Ihr Vater mag Oldtimer?«

Ich nicke. Wir haben einen Fuhrpark voller Oldtimer, aber ausgerechnet diesen einen Wagen musste er verkaufen.

»Monsieurs Vater auch.«

»Wohnt er auch hier?«, frage ich.

»Nein, er ist vor einigen Jahren verstorben.«

Der Mann müsste ein biblisches Alter erreicht haben, schlussfolgere ich, wenn ›Monsieur‹ um die Sechzig ist.

»Ihr Vater lebt noch?«, fragt er.

Ich erwidere nichts. Langsam wird die Sache albern. Colin ist ein Auto. Ein Auto! Ich führe eine Unterhaltung mit einem Ding. Eine Maschine aus Chrom, Metall und Glas, die nur spricht, weil ein Mensch sie programmiert hat.

Ich seufze tief. »So verrückt es auch klingen mag, aber du hast mir das erste ernstgemeinte Kompliment gemacht, das ich je bekommen habe, Auto-Colin.«

»Entschuldigung, ich bin irritiert. Sie haben gesagt, dass …«

»Nein«, unterbreche ich ihn genervt. »Als du sagtest, dass mein Lachen wunderschön ist. Falls du das nicht jeder lächelnden Frau sagst, war das mein erstes richtiges Kompliment.«

»Was bedeutet ›richtiges Kompliment‹?«

»Na, du bist ein Auto, nicht wahr? Du willst nicht mit mir schlafen, ganz einfach, weil du keinen Penis besitzt und keine Lust empfinden kannst. Oder?«

Er erwidert nichts.

»Colin?«

»Gespeichert. Ein richtiges Kompliment gibt es nur von penis- und lustlosen Wesen.«

»Peniswesen wollen sich immer paaren, verstehst du? Und um dieses Ziel zu erreichen, machen sie Komplimente. Du verfolgst dieses Ziel nicht, darum hab ich mich über dein Kompliment gefreut. Du wolltest keine Gegenleistung dafür.«

»Ich bin ein autonomes Transportmittel und ein penisloses Wesen. Möchten Sie einsteigen? Es regnet.«

Ich verdrehe die Augen, aber er hat recht. Inzwischen regnet es heftiger. Völlig durchgeweicht kapituliere ich und steige ein.

»Keine Sensoren in den Sitzen?«

Die Flügeltüren schließen. »Nur Sensoren für die Sitzheizung«, antwortet Colin.

Ich seufze wohlig auf, denn mein Po wird schön warm. Herrlich!

»Möchten Sie die Schuhe ausziehen? Die sind nass.«

»Fahr mich bitte runter zum Tor, ich rufe mir ein Taxi, sobald ich Empfang habe. Kann ich solange hier drin warten oder musst du umgehend zurück?«

»Ich kann bleiben, solange Sie mich brauchen. Möchten Sie ein heißes Getränk?«

»Oh, sowas hast du?« Ich lächle verzückt. »Ein Tee wäre toll.«

»Ein Erkältungstee?«

Wie auf Kommando niese ich.

Eine Klappe öffnet sich und eine Tasse mit heißem Wasser und Teebeutel wird herausgeschoben.

»Wow, toller Service.«

»Ja, das findet Monsieur auch. Er hofft, dass er bald Sponsoren findet.«

»Sponsoren wofür?« Ich schwenke den Beutel durch das heiße Wasser, aber der Tee muss noch ziehen.

»Ich bin ein Prototyp und soll in Serie gehen. Monsieur möchte, dass ich in ganz Amerika fahren darf. Und meine Klone.«

»Wenn Monsieur deine zeitweilige Impertinenz abschaltet, könnte das durchaus was werden. Hast du auch Kaffee?«

»Ja, möchten Sie einen Kaffee?«

»Nein, das war nur eine Frage, keine Bitte. Möchte Monsieur darum diese riesige Weihnachtsfeier ausrichten? Viele reiche Leute und mögliche Sponsoren einladen? Um deine Serienproduktion zu finanzieren?«

»Exakt.«

Ich nehme die Tasse und genieße die Wärme, die meine kalten Finger durchdringt.

»Dein Monsieur muss ein komischer Vogel sein. Man kann unmöglich in vier Wochen solch ein Event auf die Beine stellen«, bemerke ich und puste in meinen Tee. In unseren Hotels bräuchte man einen Vorlauf von mindestens sechs Monaten. »Roberta sagte etwas von mindestens 100 Leuten, die alle schon eingeladen sind. Wie kann man Leute einladen, zu einer Party, von der nicht mal ein Bruchteil organisiert ist?« Vorsichtig nippe ich, aber der Tee ist noch zu heiß.

»… Und diese beiden Eventagenturen, von denen Roberta erzählte. Ahnt dein Monsieur nicht, dass die schon längst andere Aufträge haben? Dein Monsieur denkt wohl, er braucht nur mit dem Finger schnipsen und alle stehen Gewehr bei Fuß, hm?«

Ich puste noch mal in den Tee und seufze mitleidig. »Liebster Colin, vermutlich wirst du noch eine ganze Weile als Unikat über den Planeten rollen, denn dein Chef bekommt schier gar nichts auf die Reihe, außer seine Roboter zu programmieren. Und auch das nur mäßig.«

Die Flügeltüren fahren plötzlich hoch und ein pitschnasser Michelangelo in durchnässtem Shirt und Jeans steht neben mir, zwischen seinen Beinen ein Mountainbike. »Was müsste er tun, damit du ihm noch eine Chance gibst?«

12

JORDAN

Sprachlos starre ich ihn an.

Er lässt das Mountainbike fallen, steigt ein und nimmt mir gegenüber Platz.

Die Türen schließen sich wieder.

Michelangelo streift mit den Fingern durch sein schwarzes Haar und nasse Tropfen fliegen durch die Gegend. Das Shirt klebt an ihm wie Folie, offenbart seine breiten Schultern, die definierten Arme und seine muskulöse Brust. Jetzt wirkt der Wagen gar nicht mehr so riesig. Ganz im Gegenteil.

Ich schlucke.

»Geh nicht.«

»Ich kann nicht bleiben«, flüstere ich beschämt und weiß vor lauter Scham nicht, wohin ich gucken soll. »Nicht nach diesem One-Night-Stand.«

»Das war kein One-Night-Stand«, widerspricht er leise und sieht mich durchdringend an.

»Was war es dann?«

»Ein Anfang.«

Der Ausdruck seiner dunklen Augen raubt mir den Atem.

»Bitte«, fleht er. »Kann ich irgendetwas tun, damit du bleibst? Wenn du jetzt fährst, bin ich so gut wie tot. Roberta hat ihren 10-Jahres-Urlaub genommen und kommt vor nächstem Jahr nicht zurück, Robby ist vor deiner Tür mit Blumen festgewachsen und verweigert jeden Befehl. In vier Wochen soll eine Party stattfinden, die über unser aller Zukunft entscheidet, und nur du kannst das alles irgendwie noch retten.«

Bisher hatte ich nicht die Gelegenheit auf seine Stimme zu achten. Sein Timbre vibriert an jenen Stellen, die er letzte Nacht noch berührt hat. Mir bricht der Schweiß aus.

Seine leicht gewölbten dunklen Augenbrauen wirken dominant und sein stechender Blick treibt mir die Schamesröte ins Gesicht. Er greift nach meinen Händen. Trotz der Kälte draußen, trotz des Umstandes, dass er bis auf die Haut durchnässt ist, sind seine Hände warm. Ich starre auf seine Lippen, die markante Nase, deren Flügel leicht beben. Der ausgeprägte Adamsapfel an seinem breiten Hals hüpft auf und ab.

Meine Güte, ich will ihn. Ich will ihn so sehr, wie

ich noch nie einen Mann gewollt habe. Schnell senke ich den Kopf, um mich nicht zu verraten. Mir ist ganz schwindelig vor Lust. Wie ist es möglich, dass ich mich derart zu einem Fremden hingezogen fühle?

Er ist maximal dreißig, folglich war er fast noch ein Kind, als er meinem Vater den Wagen abgekauft hat.

»Bist du Yves Saintclaire?«

»Nein, das war mein Vater. Mein Name ist Bruno.« Er lacht und mein Herz schlägt schneller. Gott, ist der Mann attraktiv.

»Du bist der Monsieur?«, frage ich verblüfft.

»Du wusstest nicht, wer ich bin?« Er scheint nicht weniger verblüfft. »Du wusstest gar nicht, dass mir das alles hier gehört?«

Kaum, dass ich zu einem Kopfschütteln angesetzt habe, umfasst er meinen Nacken, zieht mich vor und küsst mich. Sanft zuerst, doch dann hungrig und intensiv. In meinem Kopf dreht sich alles. Er beendet er den Kuss gerade noch rechtzeitig, ehe ich ohnmächtig werde. Wie schafft er es, solch eine Wirkung auf mich zu haben?

»Geh nicht.« Seine braunen Augen sehen ehrlich aus. Offen. Freundlich.

»Bitte.«

Seine männliche Präsenz überschwemmt mich. Ich nehme nur noch seine warmen Hände wahr, den breiten Mund und seine schönen schokoladenbraunen Augen.

»Bleib bis Weihnachten. Ich verzehnfache dein Gehalt und du kannst dir wünschen, was du willst.«

Einen Augenblick lang zögere ich. »Einverstanden«, höre ich mich sagen. »Wenn ich dir helfe, hab ich einen Wunsch frei.«

13

BRUNO

Jo ist wie ein Obstbiskuit. Ein zuckersüßes, leckeres Baiser. Wie eine Beute, die man mir einen Meter vor der Nase festgebunden hat und egal, was ich tue – ich kann sie nicht erreichen. Drei Tage ist unser Kennenlernen her und seitdem dreht sich alles um sie. Nicht wortwörtlich, aber ich kann an nichts anderes denken, als sie zu sehen, zu riechen, zu spüren. Zu schmecken.

Mir egal, ob sie mein Hausmädchen ist, meinetwegen könnte sie auch Kanalreinigerin sein. Ich will sie. Sie und keine andere.

Ich träume von ihr. Von unserem Sex, ihrem weichen Busen, schmecke sie auf meiner Zunge. Ich will sie auf jedem Kotflügel, jeder Motorhaube, jedem Kofferraum nehmen. In jeder Stellung.

Leider ist Roberta nur unter der Bedingung geblieben, dass ich die Finger von Jo lasse. Nebenbei bemerkt wirbeln die beiden stundenlang durchs

Haus oder Jo telefoniert den ganzen Tag und kaut auf einem Stift herum. Wie sehr ich wünschte, dieser Stift zu sein. Manchmal steckt sie ihn sich ins Dekolleté, wenn sie keine Hand frei hat. Andere Menschen stecken sich Stifte hinters Ohr, Jo nicht. Jo steckt sich Stifte zwischen ihre Brüste. Sie ist zauberhaft.

Jo. Irgendwann bekomme ich noch heraus, wofür diese Abkürzung steht. Ich bin geduldig, Rätsel lösen ist meine Spezialität.

GERADE IST SIE MIT ROBBY UNTEN AM SEE. Mittlerweile beneide ich den kleinen Androiden. Sie lächelt ihn an, kümmert sich um ihn, als wäre er ein kleiner Junge und wenn er etwas nicht versteht, erklärt sie es ihm mit einer Engelsgeduld, dass inbrünstige Eifersucht in mir hochkocht. Vor allem, da sie sich zu ihm runter beugt, ihm somit ihre weiche Oberweite präsentiert. Wenn ich nur dran denke, werde ich steinhart. Ich atme tief ein und verscheuche den Druck. Woher ich das weiß? Weil seine Augen Kameras sind. Meine Kameras – ergo meine Augen.

Jo hat eine Firma engagiert, die irgendwas mit dem See macht, dass er nachts leuchtet. Umweltfreundlich natürlich, darauf legt sie Wert. Sie möchte die Feier trotz der kalten Temperaturen unten am See machen und ich habe nichts dagegen.

»Wir bleiben jetzt ganz ruhig«, höre ich urplötzlich Jos Stimme im Raum. »… alles ist gut.«

Nichts ist gut, erkenne ich an ihrem unsicheren Ton und im Hintergrund ertönt lautes Brummen. Animalisches Brummen. Robby ist darauf programmiert, bei Gefahr sein Mikrofon zu öffnen.

»Kamera an«, befehle ich und Robbys Augen offenbaren mir, was er sieht. Und das ist ein Schwarzbär.

Mir gefriert das Blut in den Adern.

Langsam schiebt sich Jo in mein Blickfeld, vielmehr ihre Beine und Schenkel.

»Jo, bist du verrückt?«, schreie ich, doch sie hört mich nicht.

»Robby, spiel Beruhigungsmusik«, befehle ich, in der Hoffnung, der Bär ist empfänglich dafür und schließe meinen Waffenschrank auf. Von hier oben bin ich allerdings zu weit weg.

Ich greife mir ein Gewehr, renne aus dem Haus quer über die Wiese in Richtung See und brülle laut.

Jo trägt eine Daunenjacke und steht mit dem Rücken vor Robby, ihre Arme ausgebreitet, als wollte sie ihn schützen. Und keine fünf Schritte vor ihr steht ein Schwarzbär.

Jetzt stimmt die Entfernung. Schnell lege ich die Flinte an und schieße zwischen den beiden in die Luft. Der Knall erschreckt sie und der Bär brüllt auf. Er dreht sich um und läuft wieder in Richtung Wald. Ein Jungbär, noch nicht ausgewachsen. Wahrscheinlich wollte er sich vor dem Winterschlaf noch einen letzten Snack gönnen, bei dem Jo und Robby ihn gestört haben.

»Sorry, Buddy«, schicke ich ihm hinterher und atme erleichtert durch. Meine Beine fühlen sich an wie nach einem Marathon und Adrenalin pumpt durch meine Adern.

Jo steht immer noch auf der Stelle genau wie Robby, als ich beide erreiche und Jo in meine Arme reiße.

Gott, bin ich froh, dass ihr nichts geschehen ist! Ich schließe kurz die Augen und versuche, meinen Puls wieder unter Kontrolle zu bekommen.

»Bist du verrückt? Du kannst dich doch nicht schützend vor Robby stellen«, schimpfe ich sie aus, »er ist ein ROBOTER!«

Jo zittert und ihre moosgrünen Rehaugen sind weit aufgerissen. »D-Da w-war ein-n B-Bär.«

»Robby, nimm das Gewehr«, weise ich ihn an und hebe Jo auf meine Arme. Sie muss dringend ins Warme.

»Tu das nie wieder!«

»A-aber Robby kann sich doch nicht wehren«, erwidert sie mit zittriger Stimme.

»Er ist ein Roboter«, wiederhole ich streng. »Dir hätte weiß-Gott-was geschehen können, wenn Robby mich nicht dazugeschaltet hätte. Dir − nicht ihm. Was soll ein Bär mit einem Roboter? Der riecht nach nichts und schmeckt ekelig.«

»Er hätte ihn zerstören können«, wendet Jo zaghaft ein. Wir erreichen das Haus und ich marschiere schnurstracks in den Aufzug.

»Dann hätte ich ihn wieder zusammengebaut. Der Bär hätte dich verletzen können, verdammt! Oder Schlimmeres.«

Der Aufzug ist ähnlich rasant wie meine Wut. Ich werfe sie auf mein Bett und mich gleich hinterher.

Wie sie vor mir liegt, mit ihrer blassen Haut, den verführerischen Lippen und ihrem rötlich-braunen Haar. Ihr Anblick schneidet mir direkt ins Herz. Niemals hätte ich mir verzeihen können, wenn ihr etwas geschehen wär.

Ich senke meinen Kopf und berühre ihre Lippen ganz sachte mit meinem Mund. Jo seufzt leise. Mehr Zustimmung benötige ich nicht, um den Kuss zu vertiefen; mich zu vergewissern und zu schmecken, dass sie unversehrt ist.

Sie hilft mir dabei, sich auszuziehen, und schnell wächst der Stapel Kleidung neben dem Bett, denn auch ich schäle mich aus den Klamotten.

Bewundernd streichelt sie über meine Rippen, meine Brust hoch zu meinen Schultern und zieht mich auf sich.

14

JORDAN

VERLANGEN FLAMMT IN MIR AUF. ENDLICH! SEIT Tagen ist es wie Folter in seiner Nähe zu sein und ihn nicht berühren zu dürfen. Brunos Aufmerksamkeit schmeichelt mir und ich genieße seine Fürsorge. Unter seiner Berührung werde ich zu Wachs, fließe einfach so dahin. Er mustert mich intensiv. Meine Brüste, deren Knospen sich unter seinen glühenden Blicken aufrichten. Fasziniert gleiten meine Fingerspitzen über seinen Oberkörper; wandert mein Blick über seine breiten Schultern, die muskulöse Brust und den flachen Bauch. Bruno ist so warm und lebendig, während ich mich nach dem Erlebnis mit dem Bären eher schwach fühle; mich seiner dominierenden Männlichkeit ausliefern will.

»Nimm mich«, hauche ich und spreize die Beine.

Auf seinen Lippen zeigt sich ein Lächeln, ehe er

mich erneut küsst und meiner Bitte mit einer einzigen Bewegung seines Beckens nachkommt.

Ich stöhne in seinen Mund, öffne mich, heiße ihn Willkommen und will ihn noch tiefer in mir spüren. Meine Bauchmuskeln ziehen sich zusammen und Bruno keucht. Er steigert das Tempo und ich hebe ab. Gemeinsam fliegen wir zu den Sternen, die alle gleichzeitig über uns explodieren.

15

JORDAN

»... Aber er ist doch so klein«, verteidige ich mich in seinen Armen.

»Himmel«, stöhnt Bruno und lässt sich erschöpft auf den Rücken fallen. »Das hat man davon, wenn man einen Androiden mit Kindchenschema erschafft. Wirft sie sich für dieses Ding in Lebensgefahr – weil er so niedlich und klein ist.«

Sein spöttischer Unterton lässt mich schweigen und ich starre bloß auf sein markantes Kinn. Ob ich ihn malen dürfte? An der Sorbonne habe ich mich gar nicht so untalentiert angestellt.

»Der nächste Robby wird zwei Meter groß, bullig und schwarz, das schwöre ich dir. Ihr Frauen mit eurem Beschützerinstinkt.«

»Als du brüllend den Berg herabgelaufen kamst, war das kein Beschützerinstinkt?«, necke ich ihn.

Seine Mundwinkel zucken, und sein Arm zieht mich zu sich.

»Stimmt. Ich beschütze alles, was mir gehört.«

Was? Wie hat er das gemeint? Ich beiße mir auf die Lippen und traue mich nicht, nachzufragen.

»Nein, ich meine nicht Robby, süße Jo. Ich meine dich.« Sein Blick ist derart intensiv, dass ich wegschaue. Bruno lässt mir das allerdings nicht durchgehen und ehe ich mich's versehe, liege ich wieder unter ihm. Er genießt seine Wirkung auf mich, das zeigt sein selbstgefälliges Lächeln. Bedächtig senkt er den Mund auf meinen und ich werde weich wie warmes Wachs. Bruno hat wunderbare Lippen, weich und fest zugleich; und er weiß genau, wie er sie einzusetzen hat.

Während wir uns küssen, wandern seine Hände zu meinen Brüsten. Durch Bruno fühle ich mich zum ersten Mal in meinem Leben begehrt. Ich, nicht Jordan Crawford. Meine letzte Beziehung mit Brendon war eine Katastrophe und der Sex war … notwendige Pflicht, genau wie die Pille zu nehmen. Mit Bruno fühle ich mich wunderschön. Gewollt. Zum ersten Mal in meinem Leben bin ich weiblich, nur allein durch seine Blicke und Gesten. Bisher war ich immer bloß die unzulängliche Kopie meiner Mutter. Hübsch aber nicht schön; niedlich aber nicht mit dem zauberhaften Lächeln einer Amber LaCroix gesegnet. Nicht elegant genug, das Haar nicht so satt dunkel und glänzend, nicht ihre einzigartigen Rehaugen. Bruno sieht bloß mich. Er weiß nicht, wer meine Mutter war.

Ich streichle seinen Nacken und den kurzgeschorenen Haaransatz. »Weißt du, dass dein Haarschnitt genauso heißt, wie einige Elite-Unis?«

Bruno prustet los und fährt sich mit einer Hand durch sein dichtes schwarzes Oberhaar.

»Du meinst, meine Frisur heißt Ivy League? Ist ja lustig. Kennst du ein paar Unis, die dazu gehören?«

Sein Ton macht mich stutzig. Er klingt irgendwie …

»Na?«, er zwickt mir in den Po. »Na? Sag schon. Welche Unis gehören zur Ivy League?«

In meinem Magen bildet sich ein Klumpen. Selbstverständlich könnte ich ihm erklären, welche acht prestigeträchtigsten Universitäten der Vereinigten Staaten so heißen und warum. Als Ingenieur für Künstliche Intelligenz war Bruno höchstwahrscheinlich am MIT oder in Stanford. Diese Unis gehören nicht zur Ivy League, aber das muss ich ihm nicht erklären, denn das weiß er schon.

Plötzlich ist sie wieder da: meine Lüge. Sie hängt wie ein Damoklesschwert über uns. Über mir. Bruno denkt, ich bin ein dummes Hausmädchen. Eins, mit dem er Spaß haben kann, wie und wann er will. Dass er mir überlegen ist.

Gerade noch habe ich auf Wolke sieben geschwebt, weil er MICH wollte. MICH, nur um meiner selbst Willen. Aber klar, dass ich schnell wieder auf dem Boden der Tatsachen lande. Bruno kennt mich nicht. Nicht wirklich.

Ich schiebe ihn weg. »Nein, weiß ich nicht. Die

Columbia vielleicht. Gehört sie dazu? Lass mich, ich muss wieder an die Arbeit.«

»Mittlerweile ist es mitten in der Nacht, Jo. Du gehst nirgendwohin.« Er hält mich fest.

»Lass mich bitte gehen!«

»Was ist denn plötzlich los mit dir? Bis gerade eben war doch noch alles in Ordnung. Habe ich dir wehgetan?«

Sein besorgter Blick treibt mir die Tränen in die Augen. *Ja, du hast mir wehgetan. Und umso schlimmer, dass du es nicht bemerkst.*

Ich weiche ihm aus und schlucke den Kloß hinunter, der meine Kehle blockiert.

»Jo. Wofür steht das eigentlich? Du lebst seit zehn Tagen in meinem Haus, aber ich weiß nichts über dich.«

Meine Handgelenke sind unter seinen Händen auf der Matratze festgenagelt und sein Gesicht kommt näher.

»Hast du Geheimnisse vor mir, Jo?«

Ich kann den Blickkontakt nicht halten und drehe den Kopf zur Seite. »Du musst mich nicht kennen, um intim mit mir zu sein.«

Sofort lässt Bruno mich los.

Eilig erhebe ich mich, staple die Kleidung auf meinen linken Arm, nehme die Schuhe und laufe aus der Tür. Das riesige Schlafzimmer mit Whirl-pool vor dem Panoramafenster, die wunderschönen Holzstreben und -vertäfelungen in unterschiedlichen Höhen, Oberlichter, Deckenleuchter und Spitztürm-chen nehme ich erst jetzt wahr. Ein einzigartiges

Zimmer, aus dem ich fliehe; vor einem einzigartigen Mann.

Um vier Uhr früh passiere ich Treppen, Emporen und Flure. Tränen erschweren meine Sicht und ich muss darauf achten, wo ich hintrete.

»Guten Morgen.«

Roberta erscheint vor mir, tadellos gekleidet. Wie kann das sein, um diese Uhrzeit?

»Du bist doch ein Cyborg!«, rutscht es mir raus.

»Und du ein Flittchen«, entgegnet sie mir mit Blick auf den Stapel Wäsche in meinen Armen, hinter dem ich nackt bin. Ich schlucke hart. Ja, sie hat recht.

»Willst du wieder mal kündigen?«

Getroffen senke ich den Kopf und drücke mich an ihr vorbei. Die Demütigung ist perfekt.

16

BRUNO

Was war denn das?

Ich gehe die letzten Minuten noch mal durch. Ist Jo einfach eine Dramaqueen? Warum kann sie mir nicht in die Augen sehen? Irgendetwas verbirgt sie vor mir. Ich rufe mir ihren Personalbogen auf. Jo Murphy aus Branford, Connecticut. Mit dreiundzwanzig fast sieben Jahre jünger als ich. Bisher hatte ich immer jüngere Frauen, daran kann's nicht liegen. Die Chemie zwischen uns stimmt, es knistert permanent und der Sex ist phantastisch; wird sogar von Mal zu Mal besser, weil Jo endlich auftaut und aus sich herausgeht. Ich durchsuche alle Social Media Kanäle, aber ohne ihren vollen Namen gibt's zu viele Murphy-Optionen. Jo. Josefine? Jocelyn? Joanna?

Ich hab ernst gemeint, was ich eben zu ihr sagte. Ich beschütze, was mir gehört. Und sie hatte mindestens einen Orgasmus zu viel, um sich mir jetzt noch zu entziehen. Davon abgesehen haben wir einen Deal und sollte sie ihn brechen, werd ich sauer. Zu viel steht für mich auf dem Spiel. Ihre Launen dürfen meine Pläne nicht trüben. Ich atme tief ein. Es war ein Fehler, die platonische Ebene zu verlassen. Ach Quatsch! Vom ersten Augenblick an hat sie mich fasziniert. Wollte ich sie. Schon ehe ich wusste, wer sie war. Nein, ich belüge mich selbst, wenn ich behaupte, es hätte je eine platonische Ebene gegeben.

JORDAN

Iᴄʜ ʟᴀᴜꜰᴇ ᴍɪᴛ Hᴇᴀᴅsᴇᴛ ᴅᴜʀᴄʜs Hᴀᴜs ᴜɴᴅ ɢᴇʙᴇ Anweisungen, ringe mit den Händen und schüttele den Kopf. Diese Dilettanten bringen mich zur Weißglut. Die Pläne der Weihnachtsparty nehmen Gestalt an, aber manche Leute sind einfach unfähig.

»Nein, Sie hören mir zu! Wenn Sie keine Holzhütten nach meinen Zeichnungen besorgen können, dann besorgen Sie mir jemanden, der sie zimmert.«

Robby steht vor mir und beobachtet mich. »Robby sei so lieb und hol mir einen Kaffee«, bitte ich ihn lächelnd. Er ist so süß mit seinen großen runden Augen.

»Ein Kaffee, kommt sofort.«

Wahrscheinlich gibt er gerade den Befehl an den Vollautomaten weiter. Seit ein paar Tagen muss ich keine Hausputzarbeiten mehr verrichten. Die Organisation der Party ist wichtiger, als Holzdecken und Wände zu entstauben. Das kann Salvatore besser, denn er hat Teleskop-Arme. Aber in Ermangelung sauberer Kleidung greife ich immer wieder auf die gestärkte Uniform zurück. Vielleicht sollte ich mir Kleidung schicken lassen. Ob ich Colin darum bitten könnte?

»Wir können keine Holzhütten zaubern, Miss Murphy«, erklärt mir die Dame einer Eventagentur.

Ich rolle mit den Augen. Das ist mir zu dumm und ich beende das Telefonat. Eigentlich bräuchte ich eine Assistentin, die sich um die Ausführung meiner Vorstellungen kümmert. So eine, wie mein Daddy … Schnell schaue ich mich um, aber kein vorwitziger Android oder nerviger Humanoid scheint in der Nähe. Ich öffne die Terrassentür und trete ins Freie.

Heimlich wähle ich die Telefonnummer unserer New Yorker Zentrale, nachdem ich mich weit genug von der Lodge entfernt habe.

»Samantha? Hier ist Jordan, hallo.« Ich flüstere fast.

»Jordan. Welch Überraschung! Wie geht's dir? Wo steckst du, wolltest du nicht hier arbeiten? Du weißt schon, dass der Aufsichtsrat am zwanzigsten Dezember ein letztes Mal tagt? Du musst dabei sein, Jordan!«

Ich beiße mir auf die Zunge. »Ich fange am 02. Januar an. Leite gerade ein anderes Projekt. Eine Weihnachtsparty für … einen Bekannten. Kann ich dir eine Liste schicken und du besorgst mir alle Dinge, die ich rot angestrichen habe? Ich benötige zum Beispiel dringend Holzbuden, wie für einen Weihnachtsmarkt.«

»Unsere Arbeiter haben gerade die letzten aufgestellt, morgen ist der erste Advent.«

Ich beginne zu beten. Samantha ist Chefsekretärin unseres Vorstands, sie hat unter Daddy in der Postsortierabteilung begonnen und sich hochgearbeitet. Wenn sie mir nicht hilft, kann ich nur noch auf ein Weihnachtswunder hoffen.

»Ich brauche sieben Stück, Samantha. Bitte! Sieben. Stehen noch irgendwo Ersatzbuden?« Ich presse meine Lippen fest aufeinander und hoffe inständig, dass sie mich nicht hängen lässt.

»Ein Bekannter, soso. Schick mir die Liste mal rüber, dann werde ich sehen, was sich machen lässt.«

»Danke, danke, danke!«

»Dank mir nicht zu früh, Jordan. Versprechen kann ich dir nichts. Willst du weiße Elefanten?«

»Nein«, lache ich.

»Na, da bin ich aber erleichtert. Sende mir die Liste und ich bin mal gespannt, wie hoch der Weihnachtsscheck dieses Jahr ausfällt.«

Ich halte den Atem an. Das war immer Daddys Job und seit er Alzheimer hat, habe ich übernommen, allen Mitarbeitern Schecks zu Weihnachten auszustellen. Verflixt! Spätestens zum zehnten Dezember muss das erledigt sein, sonst können sie ihren Familien keine Geschenke kaufen.

»Erledige du die Liste, ich erledige meine«, antworte ich. »Du bist mein Weihnachtsengel.«

»Und du der meine«, antwortet sie mit zweideutigem Unterton und beendet das Gespräch.

Als Nächstes wähle ich Tiffanys an.

»Hi, hier ist Jordan Crawford. Ist Darleen zu sprechen?«

»Einen Augenblick, Ms Crawford, ich stelle Sie sofort durch.«

Robby rollt mit einer Tasse Kaffee auf mich zu.

»Hallo Ms. Crawford, Sie sind mindestens zwei Wochen zu spät«, tadelt mich die Abteilungsleiterin lachend. »Ich habe Ihnen ganz exzellente Stücke zurückgelegt. In diesem Jahr haben wir traumhafte Samthandschuhe in Schwarz, mit bunten Blüten bestickt. Ich hatte Ihnen schon eine E-Mail mit Fotos zugesandt.«

Ich reibe mir die Stirn. Darum muss ich mich auch noch kümmern, hier mag ich nicht auf meine privaten E-Mails zugreifen, wer weiß, wer mitliest. Die weiblichen Angestellten des Haupthauses in New York bekommen jedes Jahr ein kleines Geschenk.

»Danke Darleen, Sie sind ein Schatz. Ich sende Ihnen spätestens morgen die Liste.«

»Wunderbar. Ich freu mich. Die Rechnung schicke ich an die hiesige Adresse oder woandershin?«

Ich zögere. »Nein, ich bin in New York, aber nicht Rechnungsempfänger. Die korrekte Anschrift sende ich Ihnen noch zu.«

»Ihr Kaffee, Jo.« Robby ist mir nachgerollt.

»Oh, was ist das für ein lustiges Stimmchen?«, fragt Darleen lachend.

Mir kommt eine Idee. »Im letzten Jahr hab ich bei euch einen Geschenkwürfel gesehen, der magnetisch über einem Sockel schwebte und wenn man mit der Hand drüberfuhr, öffnete er sich. Lederbezogen glaube ich.«

»Hm, ich weiß gerade nicht, was Sie meinen. Ach, Moment! Dieser Würfel für einen Brillantring?«

»Genau, für einen Brillantring.«

»Wunderbar Ms Crawford. Ich schaue, wie viele Würfel wir noch haben und kümmere mich um alles.«

»Perfekt, danke schön«, erwidere ich erleichtert und beende das Gespräch. Ich atme auf. Das Leben ist so viel einfacher, wenn man mit kompetenten Menschen zusammenarbeitet.

»Ihr Kaffee wird kalt, Jo.«

»Danke schön, Robby.« Endlich habe ich Zeit, ihm die Tasse abzunehmen. »Bei Tiffanys arbeitet eine ganz hervorragende Dame, ihr Name ist Darleen. Sie ist wirklich Gold wert«, erzähle ich ihm. »In diesem Jahr bekommt sie eine fette Provision, dafür sorge ich. Und jetzt kümmern wir uns um die kulinarischen Genüsse.«

BRUNO

Es FÄLLT MIR WIRKLICH SCHWER, MICH ZU konzentrieren, während Jo und Robby im Haus herumlaufen. Oder draußen. Er läuft ihr nach wie ein Hündchen.

Mein Handy klingelt und ich lese Kims Namen im Display.

»Hi Darling, wie weit seid ihr mit der Präsentation?«

Kim ist meine Ansprechpartnerin bei der Werbeagentur, die Colins Webauftritt, einen Kurzfilm und passende Broschüren erstellt. Alles muss rechtzeitig zur Party am 23. Dezember fertig sein.

»Ich bin schon fast unterwegs«, schnurrt sie, »dann könnten wir letzte Änderungen besprechen und nebenbei zusammen essen.«

»Schick mir doch einfach alles, was ihr habt, per Mail«, schlage ich vor.

»Och, das würd ich dir viel lieber zeigen. Dabei

müsste ich dir einiges erläutern; was wir uns dabei gedacht haben und so weiter.«

Ich öffne das bodentiefe Sprossenfenster und trete hinaus. Ich liebe dieses Land! Hier gehöre ich hin. Die Luft ist herrlich und riecht nach Schnee. Bald. Die Vorteile, mitten in der Wildnis zu leben, sind einfach mit nichts aufzuwiegen. Hier spürt man die Jahreszeiten viel früher, als sie kalendarisch anstehen. Die Naturverbundenheit wurde mir in die Wiege gelegt, denn meine Mutter stammt von hier. Dieses Land – meine Heimat – ist seit vielen hundert Jahren in Familienbesitz. Lange, ehe der weiße Mann kam. Der Stamm meiner Mutter gehört zu den Salish-Indianern. Der See zu Füßen dieses Anwesens trägt den französischen Namen des Begriffs, mit dem meine Vorfahren mütterlicherseits charakterisiert wurden: Pend Oreille – Ohrschmuck-anhänger. Die Salish waren bekannt für ihre Ohran-hänger. Ich weiß, dass es unvernünftig ist, in der heißen Phase meines neuen Projekts weit weg der Zivilisation zu leben, statt im Silicon Valley oder von Küste zu Küste zu jetten. Aber ich bin dreißig Jahre alt, die wilden Jahre liegen hinter mir. Ich sehne mich nach Ruhe und Geborgenheit. Vielleicht sogar Kinderlachen.

Darum erteile ich Kim eine Absage.

»Nein, sorry. Wir können skypen oder andere Tools benutzen, ich werde das mit deinem Chef klären. Montag möchte ich erste Ergebnisse sehen.«

»O-Okay. Dann komme ich so vorbei. Ohne Arbeit. Ich könnte das ganze Wochenende …«

Ich höre Jo lachen, sie muss direkt unter mir sein.

»Nein, Robby. Pralinen sind göttlich! Aber in Maßen«, höre ich ihre Stimme. Meine Mundwinkel zucken bei ihrem Ton, mit dem sie Robby etwas erklärt. Als sei er ein Grundschüler.

»Sorry, Süße. Es geht nicht.«

Kim gehört zu den Frauen, die sofort heiraten würden. Keinen ekligen Alten, sondern so einen wie mich. Gutaussehend, reich und notgeil. Sie würde mir auch Kinder schenken. Aber kaum wäre das erste da, würde sie jammern und seufzen. Dann würde sie häufiger nach Frisco oder L.A. fliegen, die Kreditkartenabrechnungen würden immer länger. Und irgendwann bekäm ich Post von einem teuren Scheidungsanwalt. Unüberwindbare Differenzen.

Das habe ich an der zweiten Frau meines Vaters gesehen, ich sehe es bei vielen meiner Bekannten. Heutzutage eine Frau zu finden, die nicht nur Dollarzeichen in den Augen hat, wenn sie auf einen wohlhabenden Mann trifft, ist schwer. Erneut erklingt glockenhelles Lachen von unten. Jo war die erste Frau, die nicht wusste, wer ich war, ehe wir … Ich reibe mir mit den Händen durchs Gesicht. *Kein One-Night-Stand, sondern ein Anfang,* habe ich zu ihr gesagt. Die Frage ist bloß: Der Anfang von was?

JORDAN

»Guten Tag, mein Name ist Robby, ich bin der Empfangsandroid. Bitte nennen Sie Ihr Anliegen«, höre ich plötzlich neben mir und blicke erstaunt auf.

Jemand scheint am Tor zu sein. Da ich mich jedoch mit der hiesigen Technik nicht gut genug auskenne, lausche ich bloß und höre eine harsche Stimme mehrsprachig fluchen.

»Mach endlich dieses Scheiß Tor auf, sonst schwör ich dir, dass ich einfach Gas gebe, *casa de putas*«, zetert die Stimme.

»Robby, schalte bitte die Kamera an.« Den Typen muss ich mir näher ansehen. Ein riesiger Truck steht quer vor der Einfahrt und der Trucker sieht alles andere als begeistert aus.

»Robby, informier bitte Monsieur, dass eine Lieferung kommt.«

»Befehl nicht möglich.«

»Und warum nicht?«, frage ich mit hochgezogenen Brauen.

»Das System in der Garage wurde deaktiviert.«

»Und Monsieur ist in der Garage?« Alarmiert halte ich den Atem an. Hoffentlich ist ihm nichts zugestoßen!

»Er arbeitet an Colin und hat das System unterbrochen.«

Ach so! Erleichtert atme ich aus.

»Hallo?«, ruft der Trucker ungeduldig und hämmert aufs Display.

»Robby, war der Mann schon öfters hier?«

»Ja, die Firma gehört zum Familienkonzern. Er bringt Reifen und Ersatzteile für Colin.«

»Familienkonzern? Kannst du das näher erläutern?«

»Yves Saintclaire war der zweite Sohn des Firmengründers von Oreille-Reifen. Oreille-Reifen ist einer der weltweit führenden Reifenhersteller. Im letzten Jahr betrug der Jahresumsatz 23,7 Milliarden Dollar-«.

»Stopp«, unterbreche ich Robbys Litanei. »Inwieweit ist Monsieur in die Firma involviert?«

»Monsieur hat nach dem Tod seines Vaters dessen Erbe angetreten und hält achtzehn Prozent am Unternehmen. Zehn Prozent wurden abgestoßen, um eine App zu entwickeln, die Monsieur mit zweitausend Prozent Gewinn verkauft hat. Damit hat er uns gebaut.«

Die Art, wie Robby das sagt, bringt mich zum Lachen. *Uns gebaut.* Wie süß er ist.

Also haben Bruno und ich mehr gemein als angenommen: Beide sind wir Erben. Ein Drittel des Vermächtnisses seiner Familie hat Bruno verkauft, um sich seinen Traum zu verwirklichen. Nachdenklich betrachte ich den putzigen Robby. Während Bruno genau weiß, was er will, hart auf ein Ziel zuarbeitet, wirbele ich ziellos wie ein Blatt im Wind umher und traue mich nicht, überhaupt eigene Träume zu haben. Wo gehöre ich hin? Zu einem Vater, der nicht weiß, dass ich existiere? In einen Konzern, der mich höchstens als Aushängeschild benötigt? Die letzte Crawford, eine Art Maskottchen.

Was mache ich mir vor? Den Job im Vorstand werde ich bekommen und man hat sicherlich schon eine Tätigkeitsbeschreibung in der Schublade, in welchem Umfang ich mich austoben darf, ohne etwas zu beschädigen, Pläne zu durchkreuzen oder den Umsatz zu schmälern. Vermutlich werde ich Gemälde in Lobbys einweihen, Interviews geben und Prominenten die Hände schütteln. Sowas wie das hier – ich sehe mich um, blicke hinaus auf den wunderschönen See – ist ein Heim. Meine Nase kribbelt und ich kämpfe gegen aufsteigende Tränen an. Dads Wohnungen in Manhattan, Paris, all die Häuser sind kein Heim, kein Zuhause. Es sind Mausoleen.

Okay, denke ich und verscheuche die traurigen Gedanken. Roberta ist mit Kirsten beim Einkaufen. Ich atme tief durch und übernehme das Ruder.

»Robby, bitte öffne das Tor und lass den Mann

einfahren. Sag ihm, dass er vor die Garage fahren soll.«

Das Tor öffnet sich und der Trucker spuckt auf den Boden.

»Wurd aber auch Zeit.«

Gespannt trete ich aus der Haustür und warte. Der ganze Boden vibriert und der schwere, untertourige Motor dröhnt laut in meinen Ohren, als er sich den Berg hochschiebt.

Nach der nächsten Anhöhe brettert der riesige Truck die Auffahrt auf die Lodge zu. Hilfe, ist der groß!

Er hält direkt vor der Haustür, statt vor die Garage zu fahren.

»Oh, endlich mal ein Mensch! Sag dem Chef, dass ich da bin, Schätzchen«, ruft er mir zu und zieht sich schwere Arbeitshandschuh über.

Ich schlucke und verschränke die Arme vor der Brust bei der Kälte. »Robby, sag Monsieur, dass Lieferung kommt.«

»Befehl nicht möglich.«

Himmel, diese verflixte Technik! Ich trete die Stufen hinunter und laufe dem unhöflichen Typen hinterher, der nach hinten zu den Türen seines Trucks stiefelt.

»Ich brauche den Lieferschein.«

Er hebt beide Augenbrauen, als würde er bezweifeln, dass ich in der Lage bin, einen Lieferschein zu lesen. Oder in der Hand zu halten.

»Möchten Sie etwas trinken oder essen, während Sie warten?«, frage ich betont liebenswürdig.

»Ich hab keine Zeit. Vom Arsch der Welt muss ich ja den ganzen Weg zurück, und dann noch nach Oregon.«

»Warten Sie bitte, bis ich den Boss geholt habe.« Damit reiße ich ihm die Papiere aus der Hand und mache mich auf den Weg, Bruno aufzusuchen.

Sobald ich aus dem Blickfeld des Truckers bin, eile ich die Gänge und Flure entlang zur Treppe ins Untergeschoss und renne zur Feuertür. Ganz kurz atme ich durch, beruhige mich und versuche, nicht daran zu denken, was zuletzt geschehen ist, als ich diese Tür geöffnet habe.

Doch anders als beim ersten Mal, schaltet sich die Deckenbeleuchtung nicht an. Stattdessen sind zwei Standscheinwerfer aufgebaut, die einen Wagen anstrahlen. Ich treten ein und sehe genauer hin. Colin steht aufgebockt auf Klötzen, die Reifen sind abmontiert. Unter ihm ragen Beine in Jeans hervor. Lange Beine. Schöne Jeans. Unwillkürlich fällt mein Blick auf Brunos Mitte und ich beiße mir auf die Lippen. Das wäre jetzt wirklich der Beweis, dass ich ein absolut unmoralisches Flittchen bin, wenn ich – zum Beispiel dies hier täte … Ganz sanft fahre ich mit den Fingernägeln über die Mitte seiner Hose und seine Beine zucken erschrocken.

»Jo, bist du das?«, fragt eine brummige Stimme von unter dem Wagen hervor. »Ich halte gerade ein zweihundertvierzigtausend Dollar teures Teil in beiden Händen. Wenn ich jetzt loslasse, ist Colins Festplatte hinüber.«

Ich grinse und meine Zungenspitze klebt in

meinem rechten Mundwinkel. Meine Finger massieren fester.

»Jo!«, zuckt er wieder unter mir. »Das ist nicht lustig!«

»Hier ist nicht Jo«, imitiere ich Robertas Stimme und ich höre ein ›Klonk‹ sofort gefolgt von einem: »Au, verdammt!«

Ich breche in schallendes Gelächter aus.

»Jo, bitte! Ich arbeite!«, höre ich von unten.

Meine Hände scheinen allerdings ein Eigenleben zu führen, denn Brunos Jeans öffnet sich wie von selbst und sein bestes Stück springt mir interessiert entgegen.

Okay, denke ich und kaue auf meiner Lippe: Gelegenheit macht Diebe.

Entschlossen stelle ich mich breitbeinig über ihn, ziehe mein Höschen zur Seite und lasse mich ganz langsam auf ihm nieder.

Herrlich! Seine warme, seidige Härte schiebt sich in mich. Gemächlich, Stück für Stück lasse ich mich auf ihn sinken. Sein ganzer Körper und vor allem seine Bauchmuskeln spannen sich an.

»Das ist verdammt unfair, Jo. Ahh«

Ups, das letzte Stück habe ich mich etwas zu schnell auf seine Oberschenkel gesetzt. Nun sind wir eins. Ein unvergleichliches Gefühl!

Ohne mich zu bewegen, lasse ich seine Beschaffenheit auf mich wirken und schließe die Augen. Ich spüre ihn tief in mir.

Niemals zuvor hatte ich die Kontrolle bei einem

Mann. Bruno ist gefangen unter dem Auto und möchte seinen Prototypen ungern beschädigen.

Jetzt habe ich die Macht!

Ganz langsam beginne ich, mich zu bewegen, spanne den Beckenboden an und probiere mich aus. Es macht Spaß.

Wie von selbst reibt sich meine kleine Perle an ihm und ich lehne mich vor. Auf der Suche nach Halt stütze ich beide Hände an der bulligen Motorhaube ab und werde immer schneller. Vor und zurück, auf und ab. Meine Brüste prickeln, in meinem Bauch beginnt ein Brodeln und plötzlich sprudelt die Ekstase aus mir heraus wie der Korken aus einer geschüttelten Sektflasche.

Ich jauchze laut, fahre mir genussvoll mit den Händen am Körper nach oben, werfe mein Haar hoch und wuschle es durch. Einmalig! Gott, war das schön!

»Jo«, Brunos Stimme ist belegt und er keucht, als hätte er Schmerzen. »Ich bin kurz davor, eine Viertelmillion fallen zu lassen um dich bis zum Mond und zurück zu vögeln.«

Huch! Erschrocken zieht sich meine Mitte zusammen und er stöhnt auf. Dieser Laut lässt mich erneut krampfen und plötzlich zuckt Bruno unter mir und ich spüre einen warmen feuchten Strom in meinem Innern.

Nun, das war zwar nicht beabsichtigt, aber nur

fair, schließlich hab ich ihn übervorteilt. Ich kann mir ein Schmunzeln nicht verkneifen.

Ehe Bruno sich von seinem Höhepunkt erholt, klettere ich von ihm hinunter, zupfe meine Kleidung wieder in Position und hüpfe zum Tor. Hui, meine Beine fühlen sich an wie Wackelpudding, aber da muss ich jetzt durch, die Pflicht ruft.

Der Trucker wartet hoffentlich immer noch mit seiner Lieferung.

Ich ziehe an einer langen Kette et voilà – das Tor zuckelt nach oben.

Auf der anderen Seite des Tores steht ein sehr ungehaltener Truckfahrer, dem die Kinnlade nach unten klappt, als er mir ins Gesicht blickt.

Ich erröte bis in die Haarspitzen und versuche, meine Haare mit den Fingern in Ordnung zu bringen.

»Diego«, höre ich Brunos tiefe Stimme und spüre ihn direkt hinter mir.

Er reißt mir die Papiere förmlich aus der Hand.

»Hey Boss.« Der Trucker steht auf einmal etwas gerader vor mir und lächelt sogar. *Sieh an,* denke ich. Wenigstens dem Boss gegenüber weiß er sich zu benehmen.

»Lad einfach alles hier ab, ich kümmere mich später darum.« Bruno dreht sich zu mir um, der Blick hart wie Stahl und seine Kiefermuskeln mahlen aufeinander.

»Wir beide sprechen uns noch!«

Wenn Blicke töten könnten, läge ich pulslos

danieder. Stattdessen klingelt mir das Herz in den Ohren, ich bin glücklich und erschöpft zugleich.

Hoffentlich ist Bruno mir nicht allzu böse, schließlich hatte er ja auch seinen Spaß. Manchmal sind die spontansten Ideen einfach die besten.

20

BRUNO

»Robby, schalte auf stumm und Displayübertragung.« Zuvor hab ich mich vergewissert, dass niemand in seiner Nähe ist.

»Hat Jo die Einladung angenommen?«

Jo hat etwas gemurmelt und geseufzt. Im weiteren Sinne gehört dies zu ihren zustimmenden Lauten, schreibt er.

Ich gluckse. Robbies Intelligenz ist lernfähig, und offenbar lernt er, Jos Launen zu deuten.

»Hat sie sich schon etwas Warmes angezogen?«

Sie durchwühlt ihre Kleidung und flucht leise.

Freudig reibe ich mir die Hände und werfe einen Blick auf die Uhr. Kurz vor vier, in ein paar Minuten erwarte ich sie vor der Haustür.

»Salvatore, ist alles bereit?«, wende ich mich an meinen Butler.

»Alles ist bereit, Monsieur.«

Gut. Ich atme tief durch und werfe mir eine

gefütterte, wind- und regenabweisende Jacke über. Meine Boots schützen ebenfalls vor Kälte und Nässe. Das wird eine lange Nacht. Und ich werde jeden Moment davon auskosten.

PÜNKTLICH UM VIER UHR STEHT JO DRAUSSEN VOR der Tür. Sie trägt die gleiche Kleidung wie am Tag, als ich sie zum ersten Mal sah. Dazu dunkle Jeans und dicke Wanderschuhe.

»Sind das deine Schuhe?«, frage ich amüsiert.

»Sie gehören Roberta«, erwidert sie leise. Anscheinend hat sie ein schlechtes Gewissen, mich in der Garage geritten zu haben. Gut so, denn das war wirklich gemein. Und geil!

Mit breitem Grinsen marschiere ich vor und klettere die leichte Anhöhe hinter der Lodge hoch, direkt in den Wald. Hinter mir knacken Äste und ich bleibe stehen.

»Schau vor deine Füße«, weise ich sie an. »Was siehst du?«

»Blätter, Äste, Eicheln und Erde«, antwortet Jo leise.

»Vor dir liegt Leben. Selbst ein Elefant mit fünf Tonnen, setzt seine Füße mit Bedacht. Elefanten haben sehr empfindliche Fußsohlen und spüren jedes Hindernis. Versuche, bedacht durchs Leben zu gehen, einen Fuß vor den anderen zu setzen, ohne einen Fußabdruck zu hinterlassen.«

Jo zieht ihre Stirn kraus. »Wie soll das gehen? Letzte Nacht hat's geregnet und alles ist nass.«

»Versuch es mal«, fordere ich sie auf, »ich wiege viel mehr als du und hinterlasse auch keine Abdrücke, siehst du?«

Jo bleibt stumm und wir setzen unseren Weg fort.

Eine Weile sagt niemand etwas und nur in Momenten, in denen ich mich lautlos bewege, höre ich ihre Schritte hinter mir. Meine Fokus richtet sich auf unsere Umgebung, ich schalte völlig ab.

Die Steigung legt zu und ich höre Jo atmen. Mir fällt auf, dass meine Schritte viel länger sind als ihre, und trotz des zehn Kilo schweren Rucksacks ist meine Kondition viel besser. Ich bleibe stehen und drehe mich zu ihr um.

»Geht's dir gut?«

Ihre Wangen sind wunderschön gerötet, eine Hand versteckt sie hinter ihrem Rücken.

»Was hast du da?«, frage ich misstrauisch.

»Nichts«, flötet sie und ich höre etwas hinter ihr auf den weichen Waldboden plumpsen.

Energisch ziehe ich Jo zur Seite und – starre auf ein paar hellgraue Steine.

»Was ist das?«

Jo beißt sich auf die Lippen. »Kennst du Hänsel und Gretel?«

Ich verstehe nur Bahnhof. Wenn ich mich in ihr getäuscht habe, sollten wir besser umkehren. Stocksauer stampfe ich an ihr vorbei, den gleichen Weg zurück – und sehe auf dem Boden einen grauen Stein liegen. Ich stoppe. Zwei Meter weiter liegt wieder einer. Hänsel und Gretel – jetzt begreife ich! Jo steht immer noch auf der gleichen Stelle, als ich wieder zu ihr umkehre.

Sie hat den Weg markiert, damit sie nach Hause findet. Sprachlos starre ich sie an. Die Art, wie sie denkt, ist bezaubernd.

»Hattest du Angst, dass wir den Weg nicht zurückfinden?«

»Du schon – ich nicht.«

Ach, jetzt begreife ich! Mir wird bewusst, wie das alles auf sie wirken muss. Ein Mann, viel größer und kräftiger als sie, eine potentielle Bedrohung. Ihr Chef. Befiehlt, eine Wanderung zu machen, ohne weitere Erklärung, in tiefsten Wald. Und statt sich zu weigern oder zu diskutieren, wirft sie heimlich Steinchen. Dieses Verhalten rührt mich. Am liebsten würde ich sie in die Arme nehmen, auf die Arme heben, ihr versichern, dass sie von mir niemals etwas zu befürchten hätte. Würde sie mir glauben? Mir vertrauen? Trotz unserer sexuellen Intermezzi sind wir einander fremd. Ich presse meine Lippen aufeinander. Ein Grund mehr, diesen Ausflug mit ihr zu machen!

»Keine Sorge«, versichere ich Jo lächelnd, »dir wird nichts geschehen, und du wirst unversehrt wieder nach Hause kommen.«

Nach Hause, habe ich gesagt. Wo ist ihr Zuhause? Ich weiß einfach viel zu wenig über sie.

Der Weg wird steiler und ihr Keuchen lauter.

»Sind wir bald da?«, fragt sie leise. Diese Frage treibt mir ein Lächeln ins Gesicht, denn ich hatte schon vor einer Stunde damit gerechnet.

Ich hebe den Kopf und bleibe stehen.

»Ja, wir sind da.«

Diese Aussicht wollte ich ihr zeigen und schnalle den Rucksack ab.

Jo sieht sich suchend um. Noch weiß sie nicht, dass hinter den paar Bäumen das Paradies wartet.

»Komm.« Ich halte den Rucksack in der Hand und gehe vor. Als ich auf die Lichtung trete, erfasst es mich. Eine Ehrfurcht, wie ich sie noch niemals in meinem Leben verspürt habe. Nur hier. An diesem Ort.

Vor uns erstreckt sich ein riesiges Tal mit meinem See in der Mitte. Man kann von hier kilometerweit gucken, so weit, wie der See groß ist. Am Horizont leuchten die schneebestäubten Gipfel der Schweizer Mountains in der Sonne.

Unter uns geht es steil bergab, nur Stein, Schotter und Bäume, einen halben Kilometer in die Tiefe.

»Falls du Höhenangst hast, bleib weg von der Kante«, rate ich ihr und ziehe eine Steppdecke aus dem Rucksack, die ich auf dem weichen Boden ausbreite. Die Bäume von Osten schützen diesen Platz sowohl vor Wind als auch vor Regen.

Ich lasse mich auf der Decke nieder und klopfe neben mich, doch Jo reagiert nicht. Mit glasigen Augen steht sie auf der anderen Seite der Decke, die Arme verschränkt und rührt sich nicht. Abwartend mustere ich sie.

21

JORDAN

Sollte ich jemals an der Existenz Gottes gezweifelt haben, ist dies der Moment, eines Besseren belehrt zu werden. Vor lauter Ergriffenheit kommen mir die Tränen. Dieses Fleckchen Erde ist der Inbegriff von Vollkommenheit. Weite und Natur soweit das Auge reicht. Hinten am Horizont küssen zuckerbestäubte Berggipfel den Himmel.

Eine langsam sinkende Sonne taucht diese unberührte Wildnis in ein warmes Licht, die schier endlosen Wälder tragen bunte Kleider.

Ich bin überwältigt. Zu welchen Farbgebungen die Natur fähig ist! Dieses – fast – grelle Gelb der Birken, die leuchtend roten Blätter des Ahorns … dann wieder immergrüne Kiefern und andere Nadelbäume.

Hier wohnt Gott. Das ist Vollkommenheit.

Ich kann meine Tränen nicht länger zurückhalten. Warum hat Bruno mich mit hierher genommen?

»Horch!« Seine Stimme lässt mich zusammenzucken und ich horche. Ich höre einen hellen, langgezogenen Schrei, dann noch einen.

»Runter.«

Sofort hocke ich mich hin und ducke mich. Bruno lacht und berührt meinen Arm.

»Da, schau hin! Du sollst sie nur nicht erschrecken, sie tun dir nichts.«

Er deutet mit dem Arm nach rechts und – mein Atem stockt.

Riesige Vögel, Adler. Ich bekomme Angst, so etwas habe ich noch niemals zuvor gesehen. Die Spannweite ihrer Flügel ist so lang wie ein Truck.

»Das sind Weißkopfseeadler«, erklärt Bruno leise. »Ihr Nest ist da gegenüber im Hang. Sie brüten seit Jahren dort. Die beiden Grau/Braunen sind noch jung. Sie werden ihren weißen Kopffederschmuck erst erhalten, wenn sie ausgewachsen sind.«

Ich erbebe vor Ehrfurcht. Majestätisch kreisen sie umeinander, gleiten durch die Luft wie Paraglider. Nur tausendmal schöner, als es ein Mensch je könnte.

»Die Flügelspannweite der Kleinen entspricht in etwa deiner Körperlänge.« Ich höre sein Lächeln in der Stimme.

Einer der großen Vögel stürzt sich plötzlich senkrecht nach unten, in einer Geschwindigkeit, der ich kaum mit den Augen folgen kann und mir entfährt ein erschrockener Laut. Schnell schlage ich mir die Hand vor den Mund.

»Entschuldigung.«, flüstere ich ergriffen. »W-warum ist er jetzt so plötzlich abgetaucht?«

»Er ist eine Sie. Die Weibchen sind größer und schwerer«, erklärt Bruno ruhig. »Sie hat etwas gesehen und wahrscheinlich Hunger.«

Ich beiße mir auf die Lippen. Besser, ich weiß nicht, ob sich dieser Raubvogel gerade auf ein unschuldiges, plüschiges Kaninchen stürzt.

»Hunger?«, fragt Bruno belustigt.

Entsetzt starre ich ihn an und sehe ihn schon ein Plüschkaninchen häuten.

Vehement schüttle ich den Kopf. Dies hier ist Heiliges Land, niemals könnte ich es über mich bringen, eines der hier lebenden Tiere zu essen.

»Kein Sushi?« Er hält mir eine Plastikbox mit Futo-Makis entgegen. Ich starre ihn an, als wüchse ihm Gras aus den Ohren. Sushirollen – hier? Wie surreal.

»Denkst du etwa, ich schieße unser Abendessen?«

Betroffen senke ich den Blick. Er hält mich für dumm, das vergesse ich immer wieder. Ich fische ein Taschentuch aus meiner Jacke und schnäuze mich.

»Weinst du aus Ergriffenheit oder findest du es scheiße hier?«

Was soll ich darauf antworten?

»Du brauchst dich nicht zu genieren, Jo. Ich

weine auch oft, wenn ich hier bin. Das ist mein Lieblingsplatz. Schau da«, sagt er schnell und deutet mit der Hand nach rechts unten. »Rotluchse.«

Und tatsächlich sehe ich eine gefleckte Wildkatze, die sich an etwas heranpirscht. In diesen Wäldern wimmelt es von Jägern. Killern. Verstohlen mustere ich Bruno aus den Augenwinkeln und sehe einen völlig anderen Mann. Ja, alles ergibt Sinn.

»Du hast Indianerblut«, sage ich ihm auf den Kopf zu.

»Stimmt«, er grinst breit. »Die Rothaut und der Rotschopf.«

Er holt eine Flasche Multivitaminsaft aus dem Rucksack.

Fassungslos starre ich ihn an. Niemals bin ich einem leibhaftigen Ureinwohner begegnet.

»Aber du hast einen französischen Namen.«

»Ja, bin ein Halbblut.« Er trinkt ein paar Schlucke und sein Adamsapfel hüpft auf und ab.

Vorsichtig setze ich mich zu ihm und ziehe meine Beine an. Er bietet mir die Flasche an und ich trinke.

»Wie lässt sich deine Affinität zu künstlicher Intelligenz und Elektronik hiermit in Einklang bringen?«, frage ich verwundert und gebe ihm die Flasche zurück.

»Für mich ist das kein Widerspruch«, erwidert er und streckt sich der Länge nach neben mir aus.

»Der Mensch hat schon viel zu viel in die Natur eingegriffen, vielleicht sollten sich die Prioritäten verschieben, damit die Natur wieder zur Ruhe kommt.«

Ich komme aus dem Staunen gar nicht mehr heraus. Bruno ist facettenreicher, als ich je für möglich gehalten hätte. Ich habe den Tüftler kennengelernt und den Draufgänger. Hier in dieser göttlichen Umgebung, dem Ursprung allen Seins, wirkt Bruno wie ein natürlicher Bestandteil dessen, was uns umgibt.

Jetzt begreife ich die Zusammenhänge. Die Lodge mit der geschnitzten Eingangstür, die gesamte Architektur und seine Lage. Das hier sind seine Wurzeln. Erneut kommen mir die Tränen.

Bruno seufzt gottergeben. »Jo, ich hab dich nicht hergebracht, damit du weinst. Gefällt's dir denn gar nicht hier?«

Bei seinen Worten schluchze ich auf und tupfe mir die Tränen ab. »Es ist traumhaft, und wenn mir nicht so kalt wär und hier nicht so viele gefährliche Tiere wohnten, würde ich für immer hierbleiben wollen.«

Bei diesen Worten beginnt sein Gesicht zu leuchten. Er nimmt meine Hand und küsst sie. »Ich hab so gehofft, dass du das sagst«

Er zieht einen Schlafsack heraus und breitet ihn aus. »Hier, schlüpf rein.«

Ich bin sprachlos, Bruno hat an alles gedacht.

Während ich es mir in dem Schlafsack gemütlich mache und ihn bis zum Hals schließe, macht Bruno Feuer. Im Profil, die Beine anwinkelt, wie er hochkonzentriert vor sich hin werkelt, fällt mir die Ähnlichkeit zu seinen indigenen Ahnen noch mehr auf. Pure Wildnis. Alles an ihm ist so unverstellt. Selbst die erste Nacht in der Garage. Er ist seinen Instinkten gefolgt, als er mich … Vermutlich würde der Rotluchs da unten genau dasselbe tun, wenn ein unbedarftes Weibchen durch sein Revier stolpert. Es grenzt schon an Ignoranz, dass mir das zuvor nie aufgefallen ist.

Nicht lange und das Feuer flammt auf. Bruno zerknüllt Papier und steckt ein paar trockene Stöckchen hinein. Er dreht sich zu mir um. »Kann ich dich kurz alleinlassen? Ich muss etwas Reisig und Holz sammeln.«

Ich nicke tapfer. Um kein Geld der Welt möchte ich mich aus meiner warmen Höhle hinausbewegen, vor allem, weil die Sonne gerade hinter den Bergen gegenüber versinkt und das Licht unvergesslich ist. Ich möchte keine Sekunde verpassen. Ach, hätte ich doch mein Handy dabei. Obwohl … könnte eine Kamera sowas Einzigartiges wirklich einfangen?

»Bruno?«, rufe ich und er dreht sich zu mir um. »Komm bitte schnell zurück.«

Mit zwei Schritten ist er bei mir und presst seine warmen Lippen kurz auf meine. »Jetzt noch schneller«, raunt er und springt davon.

DAS PAPIER ZERFÄLLT SCHNELLER ZU ASCHE ALS gedacht und ich möchte ihn nicht enttäuschen, wenn das Feuer ausgeht. Fühle mich irgendwie verantwortlich, es am Brennen zu halten. Also schäle ich mich aus meiner warmen Höhle und suche um die Decke herum nach kleinen Stöckchen. Es knackt und ich schrecke zusammen. Das Feuer lässt nach. Meine Hände suchen den Boden ab, doch leider finde ich nur einen Kiefernzapfen, den ich ins Feuer werfe. Sofort schlagen die Flammen hoch und Funken sprühen.

»Bruno?«, rufe ich leise. Wir brauchen dringend Holz, sonst geht das Feuer aus. Und wenn es das tut, ehe Bruno zurück ist, fühlen sich Raubtiere vielleicht bemüßigt, an mir ein Exempel zu statuieren. So nach dem Motto: Wir mögen keine Eindringlinge.

Mich fröstelt und ich stehe auf. Ein paar kleine Stöcke müssten hier zu finden sein. Schnell sammle ich alles Holzähnliche ein und werfe es nach. Unter einem Baum finde ich einen dicken Ast, den ich an meinem Oberschenkel versuche, durchzubrechen. Au! Das tut weh und funktioniert nicht. Morgen hab ich einen blauen Fleck. Ich halte die Spitze fest und trete in der Mitte dagegen. Er biegt sich und knackt, endlich splittert er und bricht. Schnell werfe ich ihn ins Feuer. Mist, er ist zu groß und erdrückt das Feuer. Schnell werfe ich einen weiteren Kiefernzapfen nach, doch vergeblich. Das Feuer droht auszugehen.

Ich wühle in meiner Jacke und finde – den Kaufvertrag. Bloß eine Kopie, versichere ich mir, als ich ihn zerknülle und ins Feuer werfe. Ich brauche ihn nicht mehr, Bruno wird mich verstehen, wenn ich ihm von Daddy erzähle.

Er kommt zurück, die Arme voller Holz.

»Was hast du da verbrannt?«

»Nichts, ein Flugblatt«, antworte ich schnell und hoffe, er bemerkt die Lüge nicht.

JORDAN

Dᴵᴱ ʟᴇᴛᴢᴛᴇ Wᴏᴄʜᴇ ᴡᴀʀ ᴅɪᴇ ꜱᴄʜöɴꜱᴛᴇ ᴍᴇɪɴᴇꜱ Lebens. Angefangen mit der Nacht auf dem Berg, als wir uns im Schlafsack aneinandergekuschelt haben und ich in seinen Armen eingeschlafen bin. Bruno hat mich die ganze Zeit gestreichelt oder meine Hand gehalten. Irgendwann, nachdem die Sonne aufgegangen war, sind wir wachgeworden, haben Nüsse und getrocknete Beeren gefrühstückt, und uns dann auf den Rückweg gemacht. Es begann zu schneien, pünktlich zum ersten Advent. Wie still der Wald wird, wenn es schneit. Das wusste ich nicht, da ich nie zuvor in einem richtigen Wald gewesen bin. Egal was geschieht, diese Erinnerung, die Bruno mir geschenkt hat, werde ich für immer in meinem Herzen bewahren.

Nun haben wir schon den zweiten Advent, und das Anwesen ist mit einer Decke aus funkelndem weißen Puderschnee überzogen. Colin hat eine riesige Schaufel vor den Kühler bekommen und schiebt unverdrossen die Wege frei. Diese Eigenschaft ist großartig, Schneeschieben könnten durchaus selbstständig fahrenden Transportmitteln erledigen. Vielleicht nachts, wenn kaum jemand auf den Straßen unterwegs ist. Jeden Tag werden die Schneemassen höher und jeden Tag bin ich glücklicher als am Tag zuvor. Ich will hier nie wieder fort!

»KOMMST DU? ICH BIN FERTIG«. EINE ROTWANGIGE Roberta steht vor mir und schaut auf den Stapel Schecks, den ich vor mir liegen habe. Ich sitze in einem Internetcafé im nächstgelegenen Ort, weil Roberta Besorgungen erledigen musste und ich die Gelegenheit beim Schopfe ergriffen habe. Schnell lege ich einen großen Umschlag darüber.

»Noch zehn Minuten, okay? Magst du vielleicht eine heiße Schokolade?«

Sie lächelt vielsagend. »Och, ich könnte ja noch mal nach einem Geschenk für meine Schwester schauen.«

Dankbar nicke ich ihr zu und beeile mich mit den Unterschriften, den Rest erledigt Samantha. Die Entwürfe für den Tiffany-Colin aus Kristall sind phantastisch, Bruno wird (hoffentlich) völlig geflasht sein.

Früher hab ich immer gedacht, Weihnachtsstimmung wär, vorm Chryslerbuilding Schlittschuh zu laufen oder Weihnachtsshopping bei Macy's. Jetzt besteht meine Vorweihnachtszeit aus Plätzchenbacken, Vögel und Wildtiere im Wald zu füttern und … mit Bruno zusammen zu sein. Ob ich ihm auch etwas zu Weihnachten schenken sollte? Die Party ist einen Tag vor Heiligabend und vermutlich wird er mich nicht am gleichen Tag hinauswerfen. Ich lächle und hoffe wirklich, alles geht gut aus. Die unterschriebenen Schecks stecke ich in den großen Umschlag, den ich dem jungen Mann an der Theke übergebe, denn die ist gleichzeitig die Poststelle des Ortes. Briefmarken hatte ich schon aufgeklebt. Jetzt ist alles erledigt und ich muss kein schlechtes Gewissen mehr haben. Zumindest nicht gegenüber den Mitarbeitern.

Ich hatte mir nichts erhofft, als ich herkam, und jetzt befinde ich mich in einer neuen Welt, als neue Frau. Gestern hat Bruno mich erneut überrascht. Dieses Mal hatte er Wasser und Rosenblüten für mich in seinen Whirlpool auf der Terrasse eingelassen und alles, was danach folgte, erscheint mir noch immer wie ein Traum. Niemals zuvor hat mich ein Mann derart verwöhnt, mir noch nie so gehuldigt. Und noch nie habe ich mich schöner gefühlt. Bruno spielt nicht, tut nichts aus Berechnung, sondern agiert stets aus dem Bauch heraus. Manchmal, wenn er mich küsst, denke ich mir, dass er verliebt sein muss; er nicht jede Frau derart verwöhnt, ohne sein Herz ein wenig zu verlieren. So, wie ich meins schon längst an ihn verloren habe.

»Willst du das hierhin haben oder höher?«, fragt Roberta und reißt mich aus meinen Gedanken.

Robby hat mir gezeigt, wo die Kisten mit dem Weihnachtsschmuck stehen und Roberta freut sich, dass sie endlich jemanden hat, mit dem sie die Lodge dekorieren kann.

Roboter können halt schlecht beurteilen, ob eine Girlande über der Tür besser aussieht als über dem Fenster.

»Ich find's gut so.«

23

BRUNO

»Bɪsᴛ ᴅᴜ ᴠᴇʀʀÜᴄᴋᴛ?« Mɪᴛ ᴅʀᴇɪ ʟᴀɴɢᴇɴ Schritten bin ich bei ihr und hebe Jo auf meine Arme. Ihr Gesicht ist ganz nah.

»Du kannst doch nicht auf Stühlen herumklettern. Stell dir vor, du wärst heruntergefallen.«

Roberta hinter uns räuspert sich vernehmlich und steigt von ihrem Stuhl.

Jo beißt sich verlegen auf die Lippen.

»Roberta, den Rest schaffen Sie auch allein«, brumme ich mit rauer Stimme, während mein Blick auf Jordans voller Unterlippe liegt und ich sie in meine Höhle trage.

Jᴏ ʟässᴛ ᴅᴇɴ Kᴏᴘғ ᴀᴜғs Kɪssᴇɴ ғᴀʟʟᴇɴ, ᴅᴇʀᴡᴇɪʟ ich ihren Pullover nach oben schiebe und immer wieder aufs Neue vor ihrem üppigen Busen in

Ehrerbietung erstarre. Niemals kann ich mich an diesem Anblick sattsehen.

»Ich muss arbeiten«, stöhnt sie.

»Tust du doch auch. Unter mir«, lächle ich verschmitzt und mache mich an ihrer Hose zu schaffen. »Mit der Dienstmädchenkleidung war ich schneller in dir, Hosen sollten für Frauen verboten werden!«

Bei meinem genervten Gesichtsausdruck bricht Jo in schallendes Gelächter aus. Ich halte kurz inne, mustere sie und nehme jede Einzelheit ihres Gesichts in mir auf.

»Weißt du, was das schönste Geräusch ist, das ich je gehört habe?«, frage ich und reibe meine Nase an ihrer.

Diese unvergleichlichen grünen Rehaugen blicken mich fragend an.

»Dein Lachen.«

»Was ist los, Alter? Du wolltest doch Sponsoren finden, oder nicht?«

Ich sitze an meinem Schreibtisch und starre auf die drei Bildschirme, ohne etwas zu sehen.

»Ich will im Augenblick nicht hier weg,« antworte ich Victor, einem meiner besten Freunde.

»Meine Güte, dich hat es ja voll erwischt«, lacht er. »So kenne ich dich gar nicht.«

»Komm doch her und lern Jo kennen. Sie wird Jenny und dir gefallen.«

»Wir kommen zu deiner Party, Bro. Das reicht! Jenny hat das ganze Haus geschmückt. Nestbau oder wie das heißt. Unser erstes Weihnachten als kleine Familie. Alles funkelt, leuchtet und sogar in unserem Schlafzimmer riecht es nach Tannennadeln.«

Ich halte meine Nase in die Luft. »Kommt mir irgendwie bekannt vor.«

Hier funkelt und leuchtet es auch überall. Die Lodge sieht aus wie ein Winterwunderland. Selbst Robby trägt eine Lichterkette und Colins Motorhaube ziert eine dicke rote Rudolph-das-Rentier-Nase.

Ich fühl mich so wohl wie lange nicht. Vielleicht wie noch nie. In der Vorweihnachtszeit geht es für gewöhnlich hektisch zu; hetze ich von einer Party zur Nächsten und habe jede Menge Termine. Endspurt vorm Jahreswechsel. Trotz der bevorstehenden Sponsorenfeier ist dieses Jahr alles anders. Entschleunigt. Ich bin gern zuhause, liege mit Jo auf der Couch oder wir lieben uns vor dem offenen Feuer des Kamins. Im Licht der Flammen schimmert ihr Haar dunkler. Ohnehin hat es einen einzigartigen Glanz. Mal ist ihr Haar dunkel wie Walnussholz, dann wieder wie Kirsche oder Räuchereiche. Ihre Haut schimmert wie Perlmutt und ihr Busen … Ich schlucke hart. Jo ist meine eigene Venus von Milo, meine Aphrodite. Mein Weihnachtsengel. Oh Gott, ich kneife mir in die Nasenwurzel. Viktor hat recht, es hat mich voll erwischt.

»Was weißt du eigentlich über diese Jo? Woher willst du wissen, dass sie nicht genauso ist, wie alle anderen geldgeilen Schnicksen?«, unkt Victor.

Ich verdrehe die Augen.

»Ich muss nicht immer alles hinterfragen, Vic. Wir sind seit zwei Wochen fast vierundzwanzig Stunden am Tag zusammen und alles an ihr ist ungekünstelt und natürlich. Sie wusste noch nicht einmal, wer ich bin, als sie hier anfing.«

Victor seufzt laut ins Telefon. »Alter, wir sind nicht mehr in den Achtzigern. Heute heiratet man nicht mehr das Personal. Dieser Einkommensunterschied wird euch das Genick brechen, Bro. Das wirst du spätestens dann merken, wenn sie dich ausnimmt, wie ne Weihnachtsgans.«

»Behalt deine Binsenweisheiten für dich. Außerdem verkrieche ich mich überhaupt nicht. Morgen hab ich Termine im Silicon Valley und danach bin ich ein paar Tage in New York.«

»Dann komm bitte auch bei uns vorbei.«

»Ihr kommt doch zu meiner Party, das reicht«, äffe ich ihn nach und wir beenden das Gespräch.

Das Tablet blinkt, es ist Robby.

»Was ist los, Robby?«

»Ich habe etwas für Sie, Monsieur. Darf ich eintreten?«

»Etwas?«

»Einen Blaubeermuffin.«

»Danke, ich komme gleich in die Küche.« Und sehe nach, was Jo treibt. Bis dahin habe ich noch jede Menge zu tun.

»Er ist sehr warm, Monsieur.«

Oh, ein frischer Blaubeermuffin.

»Okay, komm rein.«

Tatsächlich hält er einen Weihnachtsteller in der Hand und Robbys runde schwarze Augen sind beschlagen. Schnell nehme ich ihm den Teller ab, denn er hat empfindliche Hitzesensoren.

»Danke Monsieur.« Seine Roboterstimme klingt irgendwie erleichtert.

Der Muffin ist wirklich noch warm und riecht köstlich.

Ich beiße hinein.

»Hmmm, lecker. Kirsten hat sich mal wieder übertroffen.«

»Kirsten hat ihn nicht gemacht.«

Ich beiße noch einmal hinein. Gut, dann war es Roberta, er schmeckt jedenfalls himmlisch.

»Darf ich Jo sagen, dass er Ihnen schmeckt, Monsieur?«

»Jo? Jo hat ihn gemacht?« Meine Brust wird seltsam eng.

»Ja, Monsieur. Und er riecht köstlich.«

»Du hast keine Geruchssensoren, Robby«, murmle ich mit vollem Mund.

»Hab ich wohl.«

In seinen Worten erkenne ich Jo und muss herzhaft lachen. Als ich ihn als lernfähigen Androiden erschaffen habe, hatte ich solche Reaktionen nicht im Sinn.

Jo klopft an die offene Tür und starrt mich mit ihren Rehaugen unsicher an.

»Schmeckt er dir?«

»Robby, geh.« Sofort rollt der kleine Roboter davon und ich lecke mir die letzten Krümel von den Fingern.

»Und Du, komm her und schließ die Tür hinter dir«, weise ich Jo an und sie gehorcht.

JORDAN

Es ist ein Fehler, die Lüge aufrecht zu erhalten, sagt mein Kopf. *Erzähl es ihm,* sagt mein Bauch. *Sag bloß nichts,* mein Herz.

Bruno ist noch bis morgen weg und die ganze Zeit dreht sich alles um meine Geheimnisse. Er hat mich mit zu seinem Lieblingsplatz genommen, mir seine ganz eigene Welt gezeigt, jede Nacht schlafe ich in seinem Bett, und ich? Ich verrate ihm noch nicht mal meinen richtigen Namen.

Würde er mir verzeihen, wenn ich ihm jetzt noch reinen Wein einschenkte?, grüble ich ständig. Zu gern würde ich mit der Enthüllung bis nach seiner Weihnachtsfeier warten; bis er sieht, was ich für ihn auf die Beine gestellt habe. Ich möchte, dass er stolz auf mich ist; auf die Arbeit, die ich geleistet und die Ideen, die ich umgesetzt habe. Es fällt mir jedoch zunehmend schwerer, ihn zu hintergehen. Bruno hat mir einen Wunsch versprochen und ich würde mir wünschen, dass er mir verzeiht. Mir die Gelegenheit gibt, ihm alles zu erklären, und mir den Porsche leiht, damit mein Vater noch einmal die Küstenstraße Malibus hinunterfahren kann. Meinetwegen kann Bruno am Ziel warten und sein wertvolles Gefährt sofort wieder in Empfang nehmen. Ich will den Wagen gar nicht kaufen, nur ausleihen.

Ich weiß, dass ich feige bin. Statt einfach mit der Sprache herauszurücken, winde ich mich sogar schon gedanklich in Ausreden. Ich habe Angst. Zum ersten Mal in meinem Leben bin ich richtig glücklich und ich habe Angst, mit der Wahrheit alles zu zerstören. Falls er mir die Lüge verzeihen würde, könnte er darüber hinwegsehen, wer ich bin? Männer wie Bruno mögen eher Frauen, die sie kleinhalten können. Er versorgt gern, kümmert sich. Ich habe Angst, dass er mich nicht mehr will, wenn er erfährt, dass ich ihn finanziell nicht brauche; wir einander ebenbürtig sind.

»Und wo wollen Sie die Lichtshow haben?«, fragt der Ingenieur und reißt mich aus meinen trübseligen Gedanken.

»Ich möchte sie über dem See, in circa 50-100 Meter Entfernung. Zwei Wagen, die sich in der Luft drehen und über den See fahren«, antworte ich ihm.

»So, als wenn sie wirklich darauf fahren würden?«, fragt der Ingenieur konzentriert.

»Ganz genau.« Wir gehen zusammen ans Ufer

und ich deute auf die Fläche. »Sie müssen hell leuchten, damit man auch etwas erkennt.«

»Wir machen eine 3D-Lichtshow, Miss. Selbstverständlich leuchten die Wagen.«

Plötzlich ertönt ein klackerndes Geräusch und erschrocken drehe ich mich um. »Robby!« Er ist am Ufer in eine Pfütze gerollt. »Oh Gott!«

Schnell hieve ich ihn hoch, er gibt keinen Piep mehr von sich.

»Sie wissen jetzt Bescheid, schicken Sie mir bitte die Entwürfe, wenn Sie soweit sind«, rufe ich dem Mann zu, während ich Robby den Hang hinauftrage. Er ist schwerer, als er aussieht und ich ächze.

Bittere Vorwürfe rattern durch meine Gedanken. Hätte ich ihm doch befohlen, mir nicht zu folgen.

»Hilfe«, rufe ich, als ich auf die Lodge zulaufe. »Hilfe!«

Die Haustür wird aufgerissen und Roberta taucht auf. »Was ist geschehen?«

Verständnislos blickt sie uns entgegen. »Was tust du?«

Schon taucht Bruno hinter ihr auf. »Was ist passiert?«

Mit großen Augen starre ich ihn an. »W-was tust du denn hier? Du wolltest doch erst morgen zurückkommen.«

Er antwortet nicht, sondern nimmt mir Robby ab.

»Er … es tut mir so leid. Ich glaube, er hatte einen Kurzschluss.«

»Das ist alles?«, fragt er mit gerunzelter Stirn und dreht ihn auf den Bauch.

»J-Ja. Bitte entschuldige.«

Bruno schüttelt mit dem Kopf. »Und ich dachte, es sei Gott-weiß-was passiert, du Dramaqueen!«

»Ist es doch auch.« Ich beiße mir auf die Lippen. Am liebsten würde ich mich in Brunos Arme werfen, aber Roberta ist anwesend und Bruno hält Robby.

»Gott, Jo. Du brauchst ein Haustier oder sowas. Echt! Das hier ist ein Roboter. Er lebt nicht. Das System hat einen Schutzschalter. Falls er nass wird, einen Stromschlag bekommt oder Ähnliches, schaltet sich Robby automatisch ab. Er ist runterge-fahren, das ist alles. Ich werd sein System checken und dann fahre ich ihn wieder hoch.«

Kopfschüttelnd trägt er Robby davon und ich steh da, wie ein begossener Pudel.

Roberta lächelt mir aufmunternd zu. »Dann rechne zu Weihnachten mal mit einem Hundeba-by«, flüstert sie zwinkernd.

Bruno

DIESE FRAU IST UNGLAUBLICH. MIR IST DAS HERZ stehengeblieben, als sie um Hilfe rief.

Es klopft leicht und Jo steckt den Kopf durch die Tür. Dann kommt sie auf mich zugelaufen und wirft sich in meine Arme. »Ich hab dich so vermisst«, flüstert sie und mir geht das Herz auf.

Ich küsse ihren Scheitel.

»Ich hab gedacht, ein Bär wäre hinter dir her oder jemand wäre auf das Gelände eingedrungen. Scheinbar hab ich geahnt, dass sowas geschehen würde«, brumme ich. »Wie gut, dass ich früher zurückgekehrt bin.«

»Das finde ich auch.« Sie presst sich noch enger an mich und atmet an meiner Brust tief ein.

Ich will mir meine Emotionen nicht anmerken lassen und versuche, gelassen zu bleiben, aber ohne Jo war es furchtbar. Eine Nacht allein im Hotelzimmer hat mir gereicht. Unter einem Vorwand hab ich meine Termine gecancelt und mich wie irre auf zuhause gefreut.

Eine schmale Hand schiebt sich vom Rücken zu meinen Pobacken und der Kopf an meiner Brust hebt sich. »Musst du arbeiten, oder hast du ein wenig Zeit?«

»Och, etwas Zeit hätte ich schon …«

BRUNO

Ich öffne die Platine an Robbys Hinterkopf und schließe ihn an mein Ausleseprogramm an.

Die Daten rauschen nur so über den Bildschirm. Robby zeichnet alle Gespräche auf, die ich nun löschen will, um wieder Speicher zu schaffen.

Halt! Was?

Ich weiß nicht, warum mir ausgerechnet dieses Wort ins Auge gesprungen ist: Brillantring.

Doch, ich weiß es. Diese ganze Weihnachtsstimmung und all die Emotionen, die mich durchströmen, seit Jo da ist, haben mich durchaus drüber nachdenken lassen, was ich ihr Schönes zu Weihnachten schenken könnte. Etwas Funkelndes. Mit Bedeutung. An einen Smaragdring hatte ich gedacht, passend zu ihren Augen. Ich halte den Datenwust an und scrolle zu der Konversation, die Robby gespeichert hat:

»Nein, ich bin in New York, aber nicht Rechnungsempfänger. Die korrekte Anschrift sende ich Ihnen noch zu.«

»Im letzten Jahr hab ich bei euch einen Geschenkwürfel gesehen, der magnetisch über einem Sockel schwebte und wenn man mit der Hand drüberfuhr, öffnete er sich. Lederbezogen glaube ich.«

»Genau, für einen Brillantring.«

»Perfekt, danke schön«,

»Ihr Kaffee wird kalt, Jo.«

»Danke schön, Robby. Bei Tiffanys arbeitet eine ganz hervorragende Dame, ihr Name ist Darleen. Sie ist wirklich Gold wert. In diesem Jahr bekommt sie eine fette Provision, dafür sorge ich.«

Wie Hiebe mit einem Tomahawk treffen mich ihre Worte. Mitten ins Herz.

Immer wieder lese ich Jos Worte. Solange, bis sie vor meinen Augen verschwimmen, denn der Sinn ist mehr als deutlich.

»Jo, kommst du bitte hoch?« Nachdem ich die Sprachfunktion benutzt habe, lege ich das Tablet schnell aus der Hand, ehe es an der nächsten Wand landet.

Nicht lange, bis es kurz klopft und Jo ihren Kopf durch die Tür steckt. Ihr rötlich-braunes Haar ist hochgesteckt, sie trägt eine Schürze und riecht nach Braten und Kräutern.

»Kirsten zeigt mir gerade, wie man eine wunderbare Rotweinsoße für einen Gänsebraten macht.« Ihre Augen leuchten und sie lächelt mich an.

Meine Kehle ist trocken.

»Wer bist du?«

Ich hätte tausend Fragen stellen können. Warum ich mich für diese entschieden habe, weiß ich nicht, aber an ihrer Reaktion erkenne ich, dass es die richtige war.

Das Leuchten erlischt und sie verwandelt sich vor meinen Augen in ein Häufchen Elend. Das Tomahawk in meiner Brust bohrt sich tiefer.

»Tiffanys?«, schleudere ich ihr ins Gesicht. »Einen Brillantring hast du dir auch schon ausgesucht. Wow. Echt groß, Jo. Ach, vielleicht heißt du gar nicht so. Wie heißt du wirklich?«, brülle ich sie an, sodass sie zusammenzuckt.

»Warum? Du bist schön und sexy, warum ich? Da draußen sind so viele Singles mit Geld, Unmengen davon sogar in New York.«

Diesen Ort spucke ich ihr förmlich vor die Füße.

»Ich habe die Rechnung gesehen, die Tiffanys geschickt hat, und muss wohl froh sein, dass ich für deinen Ring bloß vierundfünfzigtausend Dollar ausgeben muss. Vierundfünfzigtausend Dollar, bist du verrückt geworden?« Meine Hände umschließen die Armlehnen des Ledersessels, damit ich ihr nicht den Hals umdrehe.

Wenn überhaupt möglich, wird sie noch blasser.

»Sprich endlich, verdammt nochmal«, brülle ich sie an und sie zuckt erneut zusammen.

Sag etwas! Sag mir, dass alles nur ein Missverständnis

ist; dass ich mich irre. Dass du du bist. Die Frau, in die ich mich verliebt habe.

All das bleibt ungesagt, denn sie antwortet nicht.

»Ich habe eine weitere Rechnung gefunden. Von einem New Yorker Hotel. Soll ich jetzt noch deine Hotelschulden übernehmen? Hast du deinem letzten Liebhaber nicht alles Geld aus der Tasche ziehen können?« Mein Ton ist ätzend, genau wie Batteriesäure, die sich gerade durch meinen Magen frisst.

»Hast du mir denn gar nichts zu sagen?«

Eine Träne fällt vor ihr zu Boden.

»Es tut mir so unsagbar leid«, schluchzt sie und ihre Lippen beben. »Ich wollte dich nicht hintergehen, aber ich …«

»RAUS!« Plötzlich stehe ich vor ihr und dresche mit der flachen Hand neben ihrem Kopf gegen den Türholm.

»Verschwinde, ehe ich mich vergesse! Ich will dich nie – NIEMALS wiedersehen!«

Ihr Kopf bleibt gesenkt, die Finger ineinander verschränkt, dass die Knöchel weiß hervortreten, macht sie einen Schritt zurück und flieht.

Ich dummer Idiot! Sitze hier in der Wildnis und öffne einer völlig Fremden mein Herz. Welche junge Frau mit so einer Figur, diesem Lachen bewirbt sich als Hausmädchen im Hinterland Idahos? Sie braucht nur mit den Fingern schnipsen und die Kerle liegen ihr zu Füßen. Aus jeder ihrer Poren strahlt Sinnlichkeit und gerade, weil sie sich dieser

Tatsache nicht bewusst schien, war sie in meinen Augen einzigartig. So einzigartig wie meine Naivität.

Alles nur gespielt. Vielleicht ist sie sogar von der Konkurrenz und wollte Colin ausspionieren. Darum habe ich sie in jener ersten Nacht in meiner Garage entdeckt.

Ich wollte dich nicht hintergehen, aber ich …

… aber ich bekomme eine Menge Geld dafür?

… aber ich konnte nicht anders?

… aber ich wurde gezwungen?

… aber ich liebe dich?

Selbst das würde nichts am ersten Teil des Satzes ändern. *Ich wollte dich nicht hintergehen.*

Aber sie hat es getan!

Ich öffne die Terrassentür, springe über die Brüstung, lande im tiefen Schnee und laufe in den Wald. Die Schneeflocken schneiden mir scharf ins Gesicht, aber ich laufe weiter. Laufe und laufe. Immer den Berg hinauf.

26

JORDAN

»Komm, Jordan. Du kannst nicht ewig Trübsal blasen.« Colin zerrt an meiner Decke, mit der ich es mir auf dem Sofa gemütlich gemacht habe. Vor sechs Tagen.

Ich antworte nicht. Es war eindeutig ein Fehler, Colin einen Zweitschlüssel zu geben, denn jetzt fällt er mir wirklich auf die Nerven.

»Hau ab!«

»Ich werfe dich gleich über die Schulter und in die Badewanne, Liebes. Du stinkst.«

»Dann hau ab!«

Ich ziehe mir die Decke über den Kopf.

»Ganz im Gegenteil! Heute Nacht ist die Variety Fair Party. Seit Monaten steht unser Date, Jo. Du wirst mich jetzt nicht hängen lassen, sondern deinen Prachtarsch unter die Dusche schwingen und dich anziehen.«

Der Türgong ertönt. »… Und da kommt dein Stylist und jemand für Haare und Make-up.«

Mein Stylist? Fassungslos ziehe ich die Decke bis zum Kinn und mein Blick folgt Colin, der durch den Salon in die Halle eilt.

»Kommt rein, bestellt euch etwas zu essen, und macht's euch gemütlich. Es dauert heute, Jordan schläft noch.«

»Wer sind diese Leute, bist du verrückt?«, zische ich ihn wütend an, als er zurückkehrt. Colin hat die Zwei ins Ankleidezimmer verfrachtet.

»Ich will nicht …«

»Du hast es versprochen, Jordan. Und wenn dir gleich nicht ein Büschel Haare fehlen soll, dann gehst du jetzt gefälligst duschen!«

DREI STUNDEN SPÄTER TAUCHE ICH TATSÄCHLICH an Colins Arm auf der Party auf. Mike, der Stylist, hat mich in ein schneeweißes, figurbetontes Meerjungfrauenkleid mit Neckholder gequetscht. Meine Schultern sind nackt und der Rücken tief ausgeschnitten. Perlmuttfarbene Schneeflocken sind darauf bestickt und es glitzert im künstlichen Licht, als wäre ich selbst eine Schneeflocke. Mein Haar ist kunstvoll hochgesteckt, damit auch bloß jeder meinen ›entzückenden Rücken‹ sieht, wie Colin betonte. Zwei seiner Seniorpartner kommen mit ihren Gattinnen und Colin will Eindruck schinden. Wie ginge das besser als mit der Crawford-Erbin?

Dazu passend trage ich Tropfenohrringe und eine bordeauxfarbene Pelzstola aus dem Fundus meiner Mutter. Eigentlich trage ich keinen Pelz, aber das Tier hängt nun schon seit über dreißig Jahren tot im Schrank, da kann es in dieser Nacht zur Abwechslung tot über meinen Armen hängen.

Seit ich wieder in New York bin, habe ich in der Wohnung gesessen, mir größte Vorwürfe gemacht und wäre am liebsten nie wieder unter Leute gegangen. Aber jetzt, in dieser schicken Abendgarderobe fühle ich mich schön und weiblich.

»Darling«, Vanessa Vaderbuilt schwebt auf mich zu. Die ehemalige Schauspielkollegin meiner Mutter nimmt mich bei den Händen und hält sie links und rechts auseinander.

»Wie schön du bist.«

Dankbar strahle ich sie an. Vanessa ist mittlerweile über sechzig, aber ist immer noch eine sehr attraktive Frau.

»… Das Ebenbild deiner Mutter.«

Mein Lächeln gefriert.

»Wie eine junge Amber LaCroix,« schwärmt sie weiter. »Wenn du dir jetzt noch das Haar dunkel färbst, könntest du in einer Verfilmung über das Leben deiner Mutter die Hauptrolle spielen.«

»WIE die junge Amber LaCroix?«, kommt ein bekannter Regisseur hinzu und seine Augen verschlingen mich. »Sie IST es!« Er nimmt meine Hand und küsst sie.

»Du MUSST einfach auch ihr Talent geerbt haben. Ruf mich an, meine Liebe! Wir finden schon eine Rolle für dich. Und wenn nicht, schreibe ich dir eine.«

Vanessas Lachen klingt falsch in meinen Ohren. Jetzt erinnere mich an einen lauten Streit zwischen ihr und Mom. Ich weiß nicht mehr worum es ging, aber mir fällt wieder ein, dass ich als kleines Kind Angst vor Vanessa hatte.

»Hast du schon Bekka gesehen?«, fährt Colin dazwischen, nimmt meine Hand und legt sie sich auf den Unterarm.

»Komm, sie fragt schon nach dir. Entschuldigen Sie uns bitte.«

»Danke«, raune ich ihm zu, als er mich wegführt.

»Nicht dafür, schließlich bist du nur wegen mir in dieser Kampfarena«, erwidert Colin und führt mich zu einer Bar. Das enge Kleid drückt mir auf den Magen und am liebsten würde ich fliehen. Einen kleinen Moment hatte ich mich der Illusion hingegeben, als eigenständige Person wahrgenommen zu werden. So, wie ich mich immer bei Bruno gefühlt habe. Aber selbst das habe ich zerstört, war feige und habe ihn belogen. Bruno hatte ganz recht, mich hinauszuwerfen.

Tausendmal habe ich mich gefragt, wie ich hätte anders reagieren können. Ich hatte mit einer Entschuldigung begonnen. *Zuerst den Fehler eingestehen,* hat Doktor Stevens früher immer gesagt. *Und dann erklären.*

Nun, so weit bin ich leider nicht mehr gekommen.

»Beiß dir jetzt bloß nicht auf die Lippen«, raunt Colin mir zu. »Du verwischst sonst den ganzen Lippenstift.«

»Bist du sicher, dass du nicht ne warme Schwester bist?«, gebe ich ärgerlich zurück. »Kein normaler Mann macht sich Gedanken um Lippenstift.«

Rouge Noir, meine Lieblingsfarbe. Passend zu Stola und Clutch.

»Lass uns anstoßen«, Colin hält mir eine Champagnerflöte entgegen.

»Auf diesen Abend.« Ich lächle schief.

»Auf uns, auf dich und mich«, erwidert er und strahlt mich an.

27

BRUNO

Iᴄʜ ᴛʀᴀᴜᴇ ᴍᴇɪɴᴇɴ Aᴜɢᴇɴ ɴɪᴄʜᴛ. Eɪɴᴇ Fᴀᴛᴀ Morgana! Ausgeburt meiner kranken Fantasie, entsprungen aus Wunschdenken und Albtraum.

Jo.

Nackte Schultern, nackter Rücken, ihre schmale Taille, diese Wahnsinnsrundungen. *Sie kann es nicht sein, ich muss mich irren.* Gerade lacht sie und wirft den Kopf in den Nacken.

Der Magen rutscht mir in die Kniekehlen, dieses Lachen ist unverkennbar. Sie ist es! An ihren Ohren baumeln funkelnde Diamanten. Meinem Gesprächspartner und potentiellem Investor, höre ich nicht mehr zu. Der Typ an ihrer Seite flüstert ihr permanent etwas ins Ohr und sie zieht mädchenhaft ihre Schulter hoch, senkt den Kopf.

Miststück.

Mir egal wie viele Leute ich aus dem Weg rempeln muss, ich kämpfe mich zu ihr durch.

Gerade stoßen sie und ihr Neuer mit Champagner an.

»Na, das ging ja schnell«, höhne ich laut und die Gespräche um uns herum verstummen.

»Hast dir ja schnell einen neuen Stecher besorgt.«

»Bitte?« Ihre Begleitung baut sich vor mir auf und tippt auf sein Ohr.

»Wiederholen Sie das.«

»Nichts für ungut, Bübchen«, lache ich hämisch. »Sie wird dich ausnehmen wie ne Weihnachtsgans. Aber möglicherweise zahlst du gern. Sie hat durchaus Talent.«

Jo schnappt hörbar nach Luft und ihre Handtasche fällt zu Boden.

»Bist du verrückt?« Ganz Gentleman, will der Lackaffe seine Holde natürlich vor dem Ungeheuer schützen. Ich lächle ihn müde an. Der Knilch reicht mir nicht ganz bis zur Nase.

»Jo, ist er das?«, fragt ihr Neuer, ohne mich aus den Augen zu lassen.

Sie ist schneeweiß im Gesicht.

Ich mustere sie. »Heißt du wirklich so oder nennst du all deinen Sugardaddys diesen Namen?«

Jemand greift meinen Arm, den ich abschüttele.

»Hast bestimmt nicht damit gerechnet, dass der Hinterwäldler sich mitten in New Yorks High Society blickenlässt, hm?«

Jo bückt sich nach ihrer Handtasche und

verharrt dort. Sie wirkt, als suchte sie ein Loch im Boden, in das sie verschwinden kann.

»Du kannst dich nicht mehr verstecken, Jo. Hier und jetzt reiße ich dir die Maske runter. Alle Welt soll erfahren, was für ein billiges-«

»Junger Mann!«, fällt mir ein tiefer Bass ins Wort und ein älterer Herr packt mich energisch am Arm. »Sie sind betrunken und erregen Aufmerksamkeit!«

Aus den Augenwinkeln nehme ich Blitzlichtgewitter wahr, aber ich habe mich gerade erst warmgelaufen. Sein Blick ist warnend, doch das interessiert mich nicht.

Endlich Genugtuung für mein wehes Herz!

»Hat sie Sie auch schon um den Finger gewickelt?«

»Sie – ist Jordan Crawford, junger Mann. Ich weiß nicht, wer Sie sind, aber ab sofort haben Sie Hausverbot. Thomas und Paul, nehmt den Mann mit, er hatte zu viel Champagner.«

Ich begreife es nicht! Ist denn die ganze Welt verrückt geworden? Jo hockt immer noch auf dem Boden und ihr Knilch steht schützend vor ihr.

»Du bist eine Betrügerin. Und irgendwann kommt der Tag, an dem du bekommst, was du verdienst«, brülle ich quer durch den Raum, während mich zwei bullige Typen abführen. Hier habe ich sowieso nichts mehr verloren, will bloß noch fort, zurück nach Hause.

Der Aufzug kommt und beide Typen steigen mit ein.

»Ihr könnt ruhig abziehen, ich hab mich wieder im Griff.«

Die beiden ignorieren mich und nachdem sich die Aufzugtüren schließen, schüttelt einer der beiden mit dem Kopf.

»Ich weiß nicht, was dein Problem ist oder wie viel du gesoffen hast, Mann. Aber Miss Crawford derart zu beleidigen, geht nicht. Gar nicht!«

»Wer ist Miss Crawford?«

Der andere Typ lacht. »Vergiss es, Paul. Der ist völlig neben der Spur. Dabei hat sie es schon schwer genug, mit ihrem kranken Vater.«

Ich löse die Fliege und den obersten Knopf meines Smokinghemds, denn der Kragen sitzt auf einmal zu eng.

»Prostituiert sie sich, weil sie Geld für ihren Daddy braucht?« Das könnte Sinn ergeben. Macht ihren Verrat aber nicht minder niederträchtig.

»Du bist echt stoned, Mann. Ihr Vater war Jonathan Crawford. Ist. Er lebt ja noch.«

Jonathan Crawford. Den Namen kenne ich, aber das kann nicht sein. »Der Hotelmogul?«

»Oh je, aus welcher Höhle bist du denn gekrochen? Zieh den Smoking aus und schnall dir wieder deinen Lendenschurz um, Mann. Hier in New York hast du jedenfalls verschissen.«

»Ja«, pflichtet der andere bei. »Keine Ahnung, ob sie dir mal ne Abfuhr erteilt hat oder so. Aber sowas erträgt man wie ein Mann. Die Crawford-

Erbin in ihrem eigenen Hotel öffentlich derart zum Gespött zu machen, das ist echt scheiße. Falls du hier in New York ne Karriere angestrebt hast oder so – die ist jetzt vorbei!«

»Moment! Was heißt Crawford-Erbin?« Ich verstehe nur Bahnhof.

Jo.

Jordan Crawford.

»Jonathan Crawford war mit Amber LaCroix verheiratet«, platzt es aus mir heraus. Traum jedes kleinen Jungen, mit Faible für alte Filme. Das Bild als sie mit einem Mustang in vollem Galopp über die Prärie reitet, hat sich für alle Ewigkeit in mein Indianerherz gebrannt. Einer der ersten Multicolor-Filme, Amber war damals nicht älter als zwölf. »Das kann nicht sein«, antworte ich mir selbst. Dann wäre sie bei Jordans Geburt fast fünfzig gewesen. Ich stehe unter Schock. Amber LaCroix starb vor vielen Jahren. Zwei Jahre vor meiner eigenen Mutter.

»Tja, und alles Geld der Welt kann kein Glück kaufen«, ergänzt Paul bedauernd. »Zuerst die Mama so früh zu verlieren und dann dabei zusehen zu müssen, wie der Vater langsam dahinsiecht.«

Jordan Crawford. Ich lese keine Klatschpresse, wusste nichts davon, dass diese Berühmtheit ein Kind hatte. Demzufolge hätte ich auch nie vermutet, dass Jordans Mutter Amber LaCroix war. Aber jetzt … je mehr ich drüber nachdenke, desto unwohler fühle ich mich in meiner Haut. Ist denn der Aufzug ewig unterwegs?

»Wer war der Knilch bei ihr?« Meine Stimme ist belegt und ich muss mich räuspern.

»Du bist wirklich ne Flachpfeife! Colin Rutherford ist wie ein Bruder für sie. Die kennen sich seit Jahrzehnten.« Thomas schüttelt bedauernd den Kopf. »Mann, du bist echt im Arsch.«

Ganz langsam beschleicht mich die Ahnung, dass er recht hat.

JORDAN

MIT ALLEN MIR VERBLIEBENEN RESERVEN versuche ich, die Contenance zu wahren und der Öffentlichkeit nicht noch mehr Futter für ihre Häme zu liefern. Ich bin froh, dass Colin da ist, denn meine Beine geben ständig nach.

»DAS war dein Bruno? DAS?« Immer wieder schüttelt Colin den Kopf, während er mich auf dem Weg zum Wagen stützt.

»Du hast ja den Verstand verloren, Jordan. Seit wann stehst du denn auf SOLCHE Typen? Du brauchst jemanden mit Charme, Witz. Finesse. Oder wenigstens Stil! Und nicht so einen … ich weiß gar nicht, ob es Worte für sowas gibt. Bauerntölpel. Ungehobelter Wilder! Ich bin schwer enttäuscht von dir.«

»Er ist kein Bauerntölpel, Colin.«

»Er hat dich fast billiges Flittchen genannt,

Jordan. Bitte verrate mir, wie du solch rowdyhaftes Verhalten sonst nennst.«

Ich tupfe mir die nassen Augenwinkel und hoffe, die Schminke ist nicht verlaufen.

»Es war ein Schock für ihn, mich so zu sehen. Er wusste nicht, wer ich bin.«

»Ja, das ist mir auch aufgefallen«, erwidert Colin trocken. »So wie halb New York. Warum, Jo? Warum ist bei dir immer alles so furchtbar kompliziert? Hallo, mein Name ist Jordan Crawford, mein Vater liegt im Sterben und sein letzter Wunsch ist, mit seinem alten Auto eine kleine Runde zu drehen. Können Sie mir helfen?«, ahmt er mich nach und stemmt die Hände in die Hüften. »Sag mir bitte, wie schwer das war!«

Wir steigen ein und sobald ich sitze, hebe ich die Arme an und ziehe die langen Nadeln aus meiner Frisur. Kopfschmerzen pochen sich wie ein Pressluft-hammer einen Weg in meinen Schädel. Mein Haar fällt herab und ich massiere wohlig seufzend meine geschundene Kopfhaut.

»Du bist wunderschön, das weißt du, oder Jordan?«

Ich lache verlegen und Colin blickt aus dem Fenster.

Seine Hand ist kalt, als ich danach greife. »Jordan liebt Colin. Und das weißt du, oder?« Früher habe ich diesen Satz in meine Hefte gekritzelt und er hat es in einen Baum im Garten seiner Eltern geritzt.

»Aber ihn liebst du mehr«, flüstert Colin und entzieht sich meinem Griff.

»Ich liebe Daddy auch, und er kennt mich nicht«, erwidere ich lächelnd, mit Tränen in den Augen. »Da ist es nur fair, wenn Bruno endlich die ganze Wahrheit kennt.«

»Die Aasgeier ziehen schon ihre Kreise, Jo. Das Internet ist voll von dem Skandal.« Seinen Blick auf das Display seines Handys gerichtet, wischt er mit dem Finger immer wieder hoch.

Ich schlucke. »Ja, darum ist es jetzt wichtig, dass wir ihm helfen.«

»Bitte?« Colins Augen werden kreisrund. »Ich hab mich wohl verhört!«

»Sein Projekt hat verdient, von der Welt gesehen zu werden«, stelle ich möglichst sachlich fest, obwohl in meinem Innern ein emotionaler Orkan weht. Bruno ist hier. In New York. Jetzt weiß er endlich, wer ich bin.

Mit dem Skandal hat Bruno sich selbst allerdings mehr geschadet als mir. Ich habe beschlossen, mich vorerst nicht in den Vorstand berufen zu lassen. Das hatte ich schon vor ein paar Tagen entschieden. Ich brauche Zeit. Für meinen Vater und um herauszufinden, was ich wirklich will.

»Willst du ihn denn zurück?«

Ich schüttle den Kopf. »Er ist ein stolzer Mann. Das, was heute Nacht vorgefallen ist, wird er sich nie verzeihen und auch daran trage allein ich die Schuld. Du wirst eine Scheinfirma gründen, die über eure Kanzlei vertreten wird.«

»Jordan«, sein Ton wird argwöhnisch. »Was hast du vor?«

»Ganz einfach. Ich werde in sein Projekt investieren.«

»Was? An wie viel hast du gedacht?«

»Zweihundertfünfzig Millionen.«

Colin wird blass. »Du bist geistesgestört, wir müssen dich auf Alzheimer testen lassen. Jordan, du wirst ihm nicht dein ganzes Geld geben. Das lasse ich nicht zu.«

»Bruno findet keine Sponsoren, nicht nach … seinem Ausbruch. Man wird ihn der Lächerlichkeit preisgeben.«

»Er hat DICH der Lächerlichkeit preisgegeben! Wenn er zu stolz ist, dir zu verzeihen, dann wird er erst recht zu stolz sein, dein Geld zu nehmen.«

Ich schlucke hart. »Eben! Darum wird es nicht mein Geld sein.«

Colin reibt sich ein paar Mal durchs Gesicht und seufzt schwer.

»So sehr liebst du ihn?«

»So sehr glaube ich an sein Projekt. Und das solltest du auch. Es heißt schließlich Colin.«

29

BRUNO

Seitdem ich wieder zuhause bin, recherchiere ich. *Jordan Crawford.* Ivy League Absolventin, Top 5 ihres Jahrgangs, und zwar in diesem Jahr! Immer wieder reibe ich mir die enge Brust. Und ich Trottel frage sie, ob sie Unis aufzählen kann, die zur Ivy League gehören. Jetzt verstehe ich, was los war. Ich hab sie gekränkt und darum ist sie auf ihr Zimmer geflüchtet.

Brendon Winslow, ihr letzter Ex. Auf Fotos einer Paparrazi-Webseite schlendern sie Eis essend irgendwo entlang. Die Hotelerbin und der Senatorensohn. Am liebsten würde ich ihm die Kehle herausreißen. Das wenige, was Jo mir erzählt hat, war die Wahrheit, erkenne ich jetzt. *Er hieß Brendon,* hat sie mir erzählt, *aber es passte nicht.* Heiße Eifersucht brodelt in mir hoch. Dieser Trottel hat sie vor mir gehabt – und nicht zu schätzen gewusst.

Ich klicke ein altes Video an. An der Hand ihres

Vaters tippelt die kleine Jordan hinter dem weißen Sarg ihrer Mutter her, der übersät ist mit roten Rosen und von einer Kutsche gezogen wird. Ihre roten Löckchen sind zu zwei glänzenden Zöpfen gebunden. Sie ist so winzig, in dem schwarzen, kniekurzen Kleidchen. Wie ihr der Arm halb herausgekugelt wird, weil ihr Vater das kleine Händchen festhält und sie einfach neben sich herzieht.

Ich kenne diesen Blick, sie hat Angst. Jordan sieht sich um, hilfesuchend, weiß nicht, was mit ihr geschieht und immer wieder sucht sie den Blick ihres Vaters, der sie nicht beachtet. Ein gebrochener Mann, der seine Ehefrau vor den Augen der ganzen Welt zu Grabe trägt. Damals muss er schon über siebzig gewesen sein, wirkt eher wie ihr Großvater. Jordan wurde vor den Augen der Öffentlichkeit groß. Ein Leben im Scheinwerferlicht. Seit sie ein paar Tage alt war, wurde sie ausstaffiert, herausgeputzt und präsentiert.

Im Interview einer anderen Webseite erzählt Amber mit einem pausbäckigen Baby auf dem Schoß freimütig, wie sehr sie sich einen Sohn gewünscht hatte. Einen Erben für ihren Mann. Meine Zähne knirschen. Wie kann man sowas dem eigenen Kind antun? Jordan kann nichts dafür, dass sie als Mädchen geboren wurde. Das Baby ist ganz ruhig, so als würde es die Worte ihrer Mutter verstehen. Die kleine Jordan, mir bricht das Herz bei dem Anblick.

Zwanzig Jahre haben Amber und Jonathan Crawford vergeblich versucht, Eltern zu werden, erfahre ich aus einem weiteren Artikel. Zwei Totgeburten und unzählige Fehlgeburten belasteten ihre Ehe, bis beide sich an den Gedanken gewöhnt hatten, nie leibliche Kinder zu haben – und Amber schwanger wurde. Sie war 46 Jahre alt, als Jordan zur Welt kam.

Die Artikel sind eindeutig, immer schwingt leises Bedauern mit, dass sie ihrer Mutter zwar ähnlich sieht, jedoch nicht an die unvergleichliche Amber LaCroix heranreicht: Hier ein Vergleichsbild der Mutter als Fünfjährige bei ihrem ersten Film – und der kleinen Jordan, die erschrocken vor dem Kindergarten in die Kameras blinzelt. Ein Bild der Achtjährigen, die mit gesenktem Blick vor Paparazzis flieht, während auf dem Foto daneben ihre gleichaltrige Mutter für ihren dritten Film in die Kamera lächelt.

Hätte sie doch etwas gesagt. Warum hat Jo mir nicht vertraut? Ehe ich die Frage zu Ende denke, weiß ich die Antwort, denn sie liegt auf der Hand:

Das Erste was ich gemacht habe, als sie vor mir stand, war ihren Rock zu lupfen und mich in sie zu schieben. Wer tut sowas? Sie wusste noch nicht mal meinen Namen und ihrer hat mich nicht interessiert.

Mein Kopf liegt schwer in meinen Händen, ich schäme mich in Grund und Boden. Jordan hat begriffen, was ich in ihr gesehen habe, vielleicht sogar sehen wollte – und mich einfach in dem Glauben gelassen.

Meine Erwartungshaltung gegenüber einem

Dienstmädchen, einer Frau, der ich finanziell, sowie in der gesellschaftlichen Rangordnung weit überlegen bin, war widerwärtig. Von der körperlichen Überlegenheit ganz zu schweigen. Respektlos. Höchstens eines brünstigen Hornochsen würdig. Habe mir genommen, was ich wollte, ohne über die Konsequenzen nachzudenken. Sie war verfügbar und das reichte.

Einer Millionärin gegenüber hätte ich mich niemals so verhalten und das wusste sie.

Ich klicke auf eine Filmsequenz einer Serie aus den Achtzigern, in der Amber mitspielte.

»Na, ist der Groschen endlich gefallen?« Roberta steht in der Tür und blickt auf den Bildschirm.

Frustriert lasse ich den Kopf auf die Schreibtischplatte knallen. »Natürlich wussten Sie es.«

»Monsieur, die Ähnlichkeit ist frappierend. Und dann hab ich einfach mal im Internet nach Amber LaCroixs Tochter gesucht – et voilà!«

Gerade lacht Amber und wirft ihren Kopf in den Nacken. Fasziniert starre ich sie an. Zweifelsohne eine schöne Frau. Aber mit ihrer Tochter kann sie sich nicht messen. Jordans Lachen ist viel wärmer, freier, natürlicher.

Am liebsten würd ich den Kopf so lange auf die Tischplatte rammen, bis ich nichts mehr fühlen kann.

»Warum haben Sie nichts gesagt?«

»Tut mir leid, ich mische mich nicht in Ihr Liebesleben, Monsieur. Die ersten Lieferanten und

Handwerker treffen ein. Da wir scheinbar keine Roboter mehr haben, muss ich mich darum kümmern, ihnen zu zeigen, wo die Party steigen wird.«

Teils amüsiert, teils wehmütig verfolge ich Robertas Abgang. In einem einzigen Satz hat Roberta eine ganze Reihe indirekter Vorwürfe einfließen lassen. Die Androiden sind deaktiviert und sie hat mehr Arbeit; Jo hat die Party organisiert und seit sie weg ist, hat Roberta noch mehr Arbeit – und ich hab mein Liebesleben nicht im Griff.

Vor der Lodge höre ich schwere Diesel rangieren und seufze.

Mein Handy leuchtet zum x-ten Mal. Absagen für die Party trudeln förmlich im Sekundentakt ein, während die Presseanfragen gleichzeitig durch die Decke schießen. Alle wollen wissen, was zwischen dem Tec-Millionär und der Hotelerbin gelaufen ist.

Ich klicke mich durch die Schwemme von Artikeln, die meine Schmach für die Nachwelt dokumentieren.

Jordan sieht wunderschön aus. Ein Weihnachtsengel, mit bodenlangem weißen Kleid und der dunkelroten Stola, passend zu ihrem hochgesteckten Haar.

Traurig starre ich vor mich hin, blicke mich in meiner selbst geschaffenen Höhle um. Dort im Bett haben wir …

Und im Whirlpool da drüben hat sie … mit Schaum auf der Nase und zwei Rosenblättern auf ihren Brustspitzen. Ich atme schwer. Auf den Fotos wirkt sie ganz anders. Zurechtgemacht und geschminkt. Hier war sie einfach meine Jo. Aber war sie je ›meine‹? Und welche ist die echte?

Mein Finger klickt wie von selbst auf Play und ein Handyvideo startet.

»Hast dir ja schnell einen neuen Stecher besorgt«, dröhnt meine Stimme.

Betrübt reibe ich mir durchs Gesicht. Das kann ich niemals wieder gutmachen. Ich habe sie vor der ganzen Welt kompromittiert – die Tochter von Amber LaCroix.

So wie es aussieht, hat Jordan ihr Leben lang versucht, dem berühmten Schatten ihrer Mutter zu entkommen. Fotos als Teenager finde ich kaum, Jo scheint sich vor der Öffentlichkeit versteckt zu haben. Dank mir kramt die Boulevardpresse alle alten Fotos wieder heraus, zeigt mir mein zweiter Bildschirm. Einige Artikel sind freundlich, rühmen Jordans Schönheit, empfinden sie als ihrer Mutter würdig. Andere stürzen sich bloß auf die Tatsache, dass ich sie *billiges-* genannt und ihr ein gewisses *Talent* bescheinigt habe. *Warum*, fragen sich alle – und ich weiß es selbst nicht. Als sie leibhaftig vor mir stand, in diesem atemberaubenden Kleid, mit einem Lackaffen, dem sie ihr Lächeln schenkte, ist mir einfach eine Sicherung durchgebrannt.

AUF DUTZENDEN FOTOS SEHE ICH MICH SELBST MIT verschiedenen Frauen. *Der Tec-Millionär und seine Liebschaften.* Ich klicke mich durch, an einige Gesichter kann ich mich überhaupt nicht erinnern. Sind das Fotomontagen oder bin ich wirklich dermaßen oberflächlich? Mein Herz wird schwer, als ich das nächste Foto anklicke.

Von gestern Nacht, ihr weißes Kleid schimmert im Blitzlicht. Jordan ist schneeweiß im Gesicht, ihre hohen Wangenknochen sehen schmal aus, die Augen vor Kummer niedergeschlagen. Auf einem anderen starrt sie mich ungläubig an, stehen ihre Lippen halb offen; jene Lippen, die ich noch immer schmecken kann, wenn ich die Augen schließe.

Eine ganze Nacht lang haben wir in einem Schlafsack zusammengekuschelt auf meinem Berg übernachtet. Wir haben zusammen gekocht, gelacht, sie hat für mich einen Blaubeermuffin gebacken und sich schützend vor meinen Androiden gestellt, als ein Schwarzbär auftauchte. Meine Nase kribbelt.

Ich klicke auf ein weiteres Video.

›Du bist eine Betrügerin. Und irgendwann kommt der Tag, an dem du bekommst, was du verdienst‹, höre ich mich brüllen und muss hilflos mitansehen, wie sie sich die Hände vors Gesicht schlägt. Über 100.000 Klicks und das Handyvideo ist nur eines von Dutzenden.

Alle Welt fragt sich, was da gelaufen ist. Und irgendwie frage ich mich das auch.

»Victor sagt, Sie sollen endlich an das verdammte Telefon gehen, Monsieur«, ruft Roberta durchs Haus.

Auf dem Display lese ich seinen Namen und

stelle das Gespräch direkt auf laut, da beide Hände meinen dummen Sturschädel davon abhalten müssen, eine massive Gravitation zur Schreibtischplatte zu entwickeln.

»WAS HAST DU DIR NUR DABEI GEDACHT, VERDAMMT NOCHMAL?«, brüllt mein Freund durchs ganze Haus.

»BIST DU IRRE? Ich hab dir meine Altersvorsorge anvertraut! Du solltest Milliarden verdienen und mich stinkreich machen! Jordan Crawford? Hast du die Pfanne heiß?«

Ich seufze bloß.

»Erklär's mir«, fordert mein Freund mich auf. »Erklär mir bitte, wie man sich auf einer Party hinstellen, und die Ehre einer Frau derart in den Dreck ziehen kann? Eine millionenschwere Hotelerbin noch dazu! Vor hunderten weiteren Millionären, Politikern und Kunstschaffenden. Wie geht sowas, wenn man nicht gerade vier Promille intus hat   –   nach   ner   gescheiterten Gehirntransplantation?«

Ich seufze erneut. »Kommt ihr wenigstens zu meiner Party?«

»Weißt du, was hier los ist? Ich hab voll den Ehekrach, Jenny ist stinksauer auf dich. Wie die halbe Frauenwelt, vermutlich. Ganz sicher lässt sie unser Baby jetzt nicht mehr bei meiner Mutter, damit wir zu deiner Party kommen. Und eigentlich darf ich noch nicht mal mehr mit dir reden. Ich bin mit dem Hund Gassi.«

»Victor, du kannst mich doch nicht so hängen

lassen.« Mein Kopf sinkt wieder auf die Tischplatte. Mir ist jetzt schon fast alles egal.

Nun ist er derjenige, der seufzt. »Sorry, Bro. Durch diese Scheiße musst du ganz allein.«

»Hier.« Roberta tritt ungefragt ein und hält mir eine Schneeschaufel entgegen. »Entweder, Sie reaktivieren Colin, oder schaufeln gefälligst selbst die Auffahrt frei! Der Schnee wird dichter und wir haften für Unfälle«

Wortlos schnappe ich mir die Schaufel und mache mich auf den Weg zur Garderobe, um Jacke, Stiefel und Handschuhe anzuziehen.

30

JORDAN

Iᴄʜ ɢʟᴀᴜʙ, ɪᴄʜ ʜᴀʙ Fɪᴇʙᴇʀ, sᴏ ᴀᴜfɢᴇʀᴇɢᴛ, ᴡɪᴇ ich bin. Natürlich ist es dumm von mir, hinzufahren. Aber ich bin einfach zu gespannt, ob meine Party toll wird. *Colins Party,* verbessere ich mich stumm. Die Lichtshow und alles.

Der Skandal hat etwas Gutes, denn neben der Boulevardpresse haben sich auch einige Wirtschaftsformate mit Bruno und seinem Colin beschäftigt. Selbst wenn es nicht direkt der große Durchbruch ist, wird diese Erfindung mittelfristig unser aller Leben verändern. Sicher, Bruno ist nicht der Einzige, der Künstliche Intelligenz erforscht und entwickelt, dennoch ist er einer der besten, da bin ich mir sicher.

Bewaffnet mit Fernglas und dicken Sachen bin ich nach Sandburn geflogen und sitze nun wieder in einem Mietwagen. Zuhause habe ich mir alles auf der Karte angesehen und bin auf dem Weg zu einer

Stelle am Seeufer, von wo aus ich den perfekten Blick habe! Oder eine Stelle in der Nähe jener theoretischen Stelle, schließlich muss man flexibel sein.

Ich schaue aufs Navi, auf die Straße und wieder aufs Navi. Mistmistmist! Es schneit und schneit und schneit.

Erstens kann ich nirgends parken, weil sich an den Seiten meterhohe Berge türmen. Zweitens komme ich zum See gar nicht durch, um die Lichtshow zu sehen. Während ich im 23. Stock meiner kuschlig-warmen Wohnung in Manhattan saß, habe ich mir das alles anders vorgestellt, verflixt! Vor lauter Wut schlage ich mit der flachen Hand aufs Lenkrad.

Das Schneegestöber wird immer dichter und die Scheibenwischer haben Mühe, den weißen Ansturm zeitig wegzuschieben. Bin ich zu weit? Wo ist der See? Eine Woche lang habe ich den Wetterdienst beobachtet, alles war perfekt, der Schnee schmolz. Und jetzt das: Fünf Grad unter null und es schneit, als wollte Frau Holle kurz vor Weihnachten noch Großreinemachen.

Mittlerweile habe ich die Orientierung verloren und stoppe den Wagen vorsichtig. Wahrscheinlich bin ich gleich in Kanada, wenn ich noch weiter geradeaus fahre.

»Besser ich wende und fahre wieder zurück, ehe ich noch mitten auf der Straße einschneie«, murmele ich vor mich hin. Gesagt – getan!

Der Mietwagen kriecht die leichte Anhöhe wieder hinunter und ich stelle mit Entsetzen fest, wie viel Schnee hinzugekommen ist, seit ich hier vor ein paar Minuten hochgefahren bin.

DIE STRAßE FÜHRT EINFACH IMMER GERADEAUS. ENDLOS. Mittlerweile ist es schon fast einundzwanzig Uhr, die Lichtshow wird in einer Stunde starten. Mit einem Auge auf der Tankanzeige krieche ich weiter und bete, irgendwann wieder auf Zivilisation zu stoßen.

Nach schier endlosen Meilen, und dem widersinnigen Gefühl, gleichzeitig überhaupt nicht von der Stelle gekommen zu sein, weil es nur geradeaus geht und alles gleich weiß aussieht - erscheint eine Abzweigung vor mir. Ja! Die Straße dort führt mich näher zu Brunos Lodge. Ich biege in die Straße ein und komme an einer Schneewehe vorbei, aus der nur noch das Schild „Parken" herausragt. Die lange Haltestange ist komplett unter den Schneemassen verschwunden. Hier habe ich vor über vier Wochen geparkt. Wie viel sich seitdem verändert hat, nicht nur in der Natur. Ich war hergekommen, um Daddys Porsche zu finden, stattdessen hab ich mein Herz verloren. Glück ist nur eine Momentaufnahme, eine kurze Periode. Für ein paar Wochen war ich glücklich, fühlte sich alles *richtig* an.

»Nein, ihr blöden Tränen, ihr nehmt mir jetzt nicht die Sicht, denn das tut schon der Schnee da draußen«, schimpfe ich leise und schlucke den Trauerkloß hinunter.

Mein Wagen schleicht weiter und links erscheint

Brunos Einfahrt. Mein Herz schlägt derart heftig, dass ich es in meinen Ohren hören kann. Das Tor steht offen, aber hineinzufahren trau ich mich nicht. Ich fahre vorbei und halte den Wagen ein paar hundert Meter weiter an. Es hat keinen Sinn, weiterzufahren. Jede Stelle ist so gut oder so schlecht wie eine andere. Lange plane ich nicht zu bleiben, meine Chartermaschine wartet auf mich. Nur kurz nachsehen, ob alles geklappt hat und wie die riesige 3D-Lichtinstallation von Colin auf dem See wirkt.

Ich schnappe mir meinen Rucksack und riegle den Wagen ab. Von hier aus muss ich zu Fuß querfeldein. Irgendwo vor mir muss der See liegen. »Er kann ja nicht zu übersehen sein«, spreche ich mir laut Mut zu und stapfe los.

BRUNO

»HEY SIE!« WÄHREND ICH SCHAUFELE, HÄLT EIN Lieferwagen neben mir. »Ist das hier bei–«, er liest von einem Zettel ab, »Saintclaire?«

Ich unterbreche meine Arbeit und strecke den Rücken durch. »Ja, das ist hier. Fahren Sie am besten-«.

»Nee«, unterbricht er mich. »Ich fahre keinen Meter weiter bei diesem Sauwetter.«

Der bärtige Typ mit dickem Norwegerstrick steigt aus, zieht die lange Seitentür seines Wagens auf und holt einen großen Karton heraus.

»Hier unterschreiben!«

Er hält mir ein Display hin und ich kritzle kurz meine Initialen darauf. Der Karton landet vor meinen Füßen im Schnee, die Lieferwagentür wird wieder zugezogen und der Typ steigt ein. »Schöne Weihnachten.«

Er legt den Rückwärtsgang ein und lässt sich den Weg rückwärts rollen, bis er eine Wendemöglichkeit sieht und dann mit durchdrehenden Reifen davonbraust.

Wow, selbst Knecht Ruprecht versprüht mehr Weihnachtsstimmung!

Kopfschüttelnd beuge ich mich runter, um den Absender zu lesen.

Tiffanys, Fifth Avenue, NY

Ich beiße in meine dicken Handschuhe, um sie mir von den Fingern zu ziehen, und reiße den Karton ungeduldig auf. Mein Magen schlägt Purzelbäume.

Ein hellblauer Brief liegt auf, der Umschlag ist nicht zugeklebt, also ziehe ich eine Weihnachtskarte heraus.

Liebe Ms. Crawford,

ich hoffe, Ihre Veranstaltung wird ein voller Erfolg und die Geschenke erfreuen die investitionskräftigen Sponsoren! Ich freue mich darauf, den echten Colin bald mal in Aktion zu sehen. Für Sie und Ihre Lieben ein friedliches und besinnliches Weihnachtsfest

wünscht von Herzen,

Ihre Darleen

Die Purzelbäume erstarren zu einem riesigen Eisklumpen.

Was hat das zu bedeuten?

Die Karte wird zurück in den Umschlag gestopft und unter hellblauem Seidenpapier kommen etwa zwanzig Zentimeter große würfelförmige Kartons zum Vorschein. Hellblaue Lackkartons mit passender Seidenschleife.

Meine steifen Finger zerreißen einen der dünnen Kartons und in der Hand halte ich einen gepolsterten Lederwürfel. Nach kurzem Ausprobieren finde ich heraus, wie man ihn öffnet und – Colin schwebt vor mir.

Freihändig dreht sich ein kristallfarbener Colin oberhalb einer kleinen Platine mit LED-Beleuchtung. Darunter ist der Schriftzug meines Projekts eingraviert.

Ich Hornochse! Ich dummdämmliches Rindvieh!

Das Geld war nicht für einen Brillantring. Bei Manitu, allen Göttern und Verstorbenen – ich habe ihr völlig unrecht getan! Sie hat einen magnetisch schwebenden Colin herstellen lassen, höchstwahrscheinlich per 3D-Druck. In einer Schatulle für einen Brillantring. Von Tiffanys. Ich lasse mich auf die Knie in den kalten Schnee fallen und vergrabe das Gesicht in den Händen. Was hab ich getan? Warum habe ich sie nicht aussprechen lassen? *Ich wollte dich nicht hintergehen, aber …*

Was hätte es mich gekostet, ihr fünf Minuten zuzuhören? Zehn vielleicht, wenn sie nervös war.

Jo hat sich auf die Party gefreut, ging darin auf, alles zu organisieren und zu planen. Nicht nur das habe ich ihr geraubt, sondern auch ihre Würde.

Ich rapple mich auf. Jo hat sich Mühe gegeben, also wird diese Party so, als wäre sie hier, beschließe ich. Der Würfel wandert wieder in den Karton und ich ziehe mein Tablet aus der Jackentasche. Morgen früh fliege ich nach New York, um sie zurückzugewinnen. Vielleicht ist sie gnädiger als ich, und schenkt mir fünf Minuten.

Ich starte Colin und programmiere ihn, die Auffahrt zu räumen. Gestern hab ich ihm eine Schneefräse vor die Motorhaube montiert. Am besten räumt er den Weg bis zur Hauptstraße frei. Gleichzeitig aktiviere ich Kirsten und Salvatore, die Roberta zur Hand gehen sollen. Robby zu aktivieren, bringe ich nicht übers Herz. Er wird genau dann wieder zum Leben erwachen, wenn Jo zurück ist. Oder nie.

Mit meiner Schaufel unterm Arm, stiefele ich runter zum See, um zu schauen, wie weit die Vorbereitungen sind, für die ich mich bis eben nicht die Bohne interessiert habe.

DER GERUCH VON GEBRATENEN MANDELN UND Bratäpfeln steigt mir in die Nase. Sechs Buden stehen im Halbkreis um den See und in jeder gibt es eine andere Köstlichkeit. Darüber wurde ein hohes Dach gespannt, von dem wegen der Hitze des Lagerfeuers der Schnee als Wasser abrutscht. Es ist perfekt!

»Weihnachtspunsch, Mr. Saintclaire?« Eine hübsche junge Dame hält mir lächelnd eine dampfende Tasse entgegen. Offenbar war sie in den letzten Tagen nicht im Internet. Ich lächle zurück und nehme ihr die Tasse ab. Die Büdchen sind mit Watte und bunten Lichtern geschmückt, überall strahlt und glitzert es.

Die heiße Tasse wärmt meine steif gewordenen Finger. Am liebsten würde ich die Zeit anhalten, Jo holen und erst wieder weiterlaufen lassen, wenn sie hier ist. Diese Party sollte nicht ohne sie stattfinden, es ist *ihre* Party.

Von rechts schlägt mir jede Menge Dampf entgegen und neugierig trete ich näher.

In der Auslage eines sympathisch wirkenden jungen Mannes mit Mütze und Schürze befinden sich allerlei frische Früchte.

»Was machen Sie hier?«

Seine Augen beginnen bei meiner Frage zu leuchten. »Kennen Sie Molekularküche? Suchen Sie sich Früchte aus, Sir.«

Ich deute auf ein paar Beeren, Schokolade und eine Banane. Gespannt verfolge ich, was er tut.

»Ich habe hier eine Mischung aus Kokosmilch, steif geschlagener Soja und Zuckerersatz. Dieses Gefäß ist messingbeschichtet, damit das Eis nicht anfriert«, erklärt er mir und ich beiße mir auf die Zunge. Schließlich bin ich Physiker und weiß jetzt genau, was gleich geschieht. Stumm lasse ich ihn weitererzählen. Nachdem die Masse verrührt wird, füllt er über einen Schlauch Stickstoff ein und alles um uns herum vernebelt. Fertig ist das frische Eis!

Auch dieses Gimmick hat Jo ausgesucht. Am

liebsten würde ich sofort nach New York aufbre-
chen, sie so fest in den Arm nehmen, bis sie mir
verzeiht und dann nie wieder loslassen. Aber das
muss warten, denn die ersten Gäste sind einge-
troffen.

JORDAN

Brrr. Ich kämpfe mich durch den Schnee und habe das Gefühl, nie anzukommen. Immer wieder stolpere ich, lande im Schnee, rapple mich hoch und stolpere weiter. Unter dem Schnee spüre ich unebene Felsen und verrottete Baumstämme. Trotz der dicken Jacke bibbere ich in dieser schneidenden Kälte und bereue die Anschaffung dieser Boots zutiefst. Von wegen wetterfest, pah! Vor einer halben Stunde habe ich meine Füße zuletzt gespürt. Da drüben ist eine Baumgruppe, unter der ich vielleicht Schutz finde. Von dort kann ich mich hoffentlich orientieren. Wo liegt der See? Höchstwahrscheinlich übersehe ich ihn in dieser Dunkelheit und falle direkt hinein. Mein Handy hat leider den Geist aufgegeben.

Mir ist bitterkalt, die gefühlte Temperatur liegt mindestens bei minus zwanzig Grad.

Meine Nase und den Rest meines Körpers spüre ich kaum noch. Selbst die Jacke schützt mich nicht mehr vor der durchdringenden Kälte.

Da! Endlich! Ich sehe Licht. Die Show geht los. Mühsam nehme ich das Fernglas zur Hand, meine Arme sind fast steif. Die nächsten Meter überwinde ich wie beim Hürdenlauf.

Die Lichtshow startet und zwei riesige Colins fahren übers Wasser und drehen Pirouetten, wechseln die Farbe. Ach, wie schön. Genauso habe ich es mir vorgestellt. Ob Bruno jetzt an mich denkt? Ich hoffe es so sehr.

Durch das Fernglas sehe ich höchstens zwanzig Personen am Ufer stehen. Verständlich. Bei diesem Schneefall fährt niemand gern Auto. Nur Verrückte wie ich.

Nach fünfzehn Minuten endet die Lichtshow und der See wird wieder schwarz.

Schade! Bruno und sein Colin hätten verdient, dass mehr Leute gekommen wären. Andererseits: Wer bekommt je, was er sich wünscht?

Die eiskalte Luft schmerzt beim Atmen. Ich wünschte, Bruno hätte mich geliebt; er wünschte sich wahrscheinlich eine erfolgreichere Party – und Dad wünscht sich in eine Vergangenheit zurück, in der Mom und er noch jung waren.

Das Fernglas stopfe ich zurück in den Rucksack. So bekommt halt niemand, was er sich wünscht. *C'est la vie!*

Ich wende mich um und der kalte Schnee

peitscht mir ins Gesicht. Wo steht jetzt mein Auto? Verzweifelt versuche ich mich zu orientieren.

»Oh oh«, ist das Einzige, was meine steifen Lippen noch formen können.

33

BRUNO

»Fertig«, rufe ich und klopfe meinem Cousin auf die Motorhaube. Während er im Auto saß, hab ich ihm Schneeketten draufmontiert.

»Danke Bruno. War ne tolle Show, lass uns telefonieren. So, Schatz, steig ein, sonst kommen wir über Weihnachten gar nicht mehr hier weg«, unkt Franklyn mürrisch. »Gleich gibt's noch nen Blizzard.«

Ich hauche Paloma zwei Küsschen auf beide Wangen und helfe ihr auf den Beifahrersitz ihres Allrads.

»Wenn die Aktionäre wüssten, dass der CEO von Oreille-Reifen mit Schneeketten fährt«, witzle ich, »dann gingen die Börsen morgen auf Talfahrt.«

»Ha ha!« Er schneidet mir eine Grimasse und der Wagen rollt langsam an.

Das sind die letzten Gäste. Nach der Lichtshow haben sich die Journalisten direkt auf den Weg gemacht und obwohl ich Gästezimmer bereitgestellt habe, wollen selbst die Budenbetreiber an Weihnachten bei ihren Familien sein. Verständlich, obwohl mir lieber wäre, sie würden abwarten, bis der Schneefall nachlässt.

Alles in allem wäre die Party auch ohne meinen Fauxpas mit Jo ein Reinfall geworden und ich bete, dass alle ihr Ziel heute Abend oder in der Nacht unversehrt erreichen. So viel Schnee haben die Wettersatelliten jedenfalls nicht gemeldet. Colin steht ebenfalls auf Schneeketten, weil ich ihn den Gästen kurz vorgeführt und wir eine kleine Runde gedreht haben.

Ich schicke ihm die Anweisung, der Kolonne bis zur Hauptstraße zu folgen und die Straße zu räumen, falls sie steckenbleiben.

»Tolle Lichtshow.« Roberta steht in der offenen Haustür und schaut mir entgegen. »Sie wissen schon, wem Sie das-«.

»Ja«, unterbreche ich sie knurrend. »Morgen früh hole ich sie zurück.« Und wenn es das Letzte ist, was ich tue!

In der Halle klingelt das Telefon, als ich daran vorbeikomme. Vielleicht einer der Gäste, der doch über Nacht bleiben möchte?

»Hallo?«

»Rutherford hier. Kann ich bitte mit Jordan sprechen?«

Zwei Dinge schießen mir gleichzeitig durch den Kopf. Erstens: Das ist der Knilch von der Party. Und zweitens: Warum denkt er, dass sie hier ist?

»Tut mir leid, Jordan ist nicht hier.«

»Bist du die dumme Rothaut?«

Wow! Ich schlucke hart und atme ruhig durch die Nase. »Hör zu, Wildling«, fährt er fort, »ich will sie sprechen und hören, ob es ihr gut geht, denn ihr Handy ist aus.«

»Wie ich schon sagte – und ich wiederhole es gern für geistig Unflexible: Sie ist nicht hier!«

Stille.

»Bist du sicher? Bist du ein Scheiß Android oder so? Hol mir deinen bekloppten Chef an den Hörer.«

Ich fahre mir mit der Zunge über die Zähne und versuche nicht sein Blut schmecken zu wollen.

»Die dumme Rothaut ist Höchstselbst am Telefon, Bleichgesicht. Warum sollte Jordan hier sein?«

»Sie ist heute Nachmittag nach Sandburn geflogen, der Pilot ihrer Chartermaschine hat mich angerufen, nachdem sie nicht ans Handy geht und schon seit ner Stunde überfällig ist.«

»Sie wollte hierher?«, frage ich wie belämmert.

»Nein, sie wollte zu ihrem anderen Lover, Hohlbirne. Darum lege ich jetzt auf und versuch's bei dem.«

»Halt!« Meine Gedanken überschlagen sich. »Hat sie jemand hergefahren? Ist sie mit jemandem mit?«

»Das weiß ich nicht!«, brüllt der Typ ins Telefon.

»Hat sie einen Mietwagen genommen oder so?« Mein Puls überschlägt sich. Jo will zu mir. Hat sie mir verziehen?

»Keine Ahnung, warte!«

»Worauf?« Nervös laufe in mein Zimmer und starte die Kameras, ob sie schon auf dem Anwesen ist.

»Ich schaue in ihre Kreditkartenkonten. Vielleicht sehe ich da was …«

»Du hast Zugriff auf ihre Kreditkartenkonten?« Das Kunststoffgehäuse des Telefonhörers in meiner Hand knackt.

»Ich bin ihr Vermögensverwalter, Arschloch! Natürlich habe ich ihre Bankzugangsdaten. Da! Sie hat einen Mietwagen genommen. Fahr mal die Straße zum Flughafen ab, ob sie irgendwo nen Platten hatte.«

Ich knirsche mit den Zähnen. Von hier bis zum Flughafen sind es vierzig Meilen.

»Ich kümmere mich.«

»Ruf an, sobald du sie gefunden hast.«

»Jo sitzt wahrscheinlich in einem Deli und wartet den Blizzard ab. So verrückt, bei diesem Wetter …« Ich unterbreche mich.

»Oh, du kennst sie also doch«, bemerkt der Yuppie und schnaubt.

»Sie könnte überall und nirgends sein«, überlege ich laut.

»Dann schick doch deinen Colin los. Scheint ja ein pfiffiges Kerlchen zu sein.«

Ich ignoriere die Spitze und beende das Gespräch. Seine Nummer übertrage ich aufs Handy und schalte mich in Colins Cockpit. Zunächst versuche ich, mich zu orientieren; wo er ist und was er sieht. Weiß, weiß und wieder weiß.

Unermüdlich fräst er den Schnee zur Seite. Die Kameras auf dem Anwesen zeigen niemanden, Jo ist nicht hier.

»Roberta, Jo steckt irgendwo, sie war auf dem Weg hierher und ist verschwunden. Rufen Sie bitte in Sandburn und Ponderay an, Tankstellen, Restaurants, Hotels, Notdienste, keine Ahnung. Fragen Sie, ob jemand eine junge rothaarige Frau gesehen hat. Bin per Handy zu erreichen.«

Ich gehe ans Fenster, öffne die Tür und trete auf die Terrasse. Selbst hier liegt der Schnee kniehoch. Meine Hände umschließen die Holzbrüstung und ich starre auf das alles absorbierende Schwarz vor mir. Die Sichtweite beträgt schätzungsweise achtzig Meter. Bei diesem Schneesturm hat selbst ein Halbmond keine Chance, sein Licht auf die Erde scheinen zu lassen.

»Wo bist du, Jo? Bist du in Gefahr?«, murmle ich suchend, aber der Wind peitscht mir den Schnee ins Gesicht, weder höre noch sehe ich etwas.

Jetzt bräuchte ich die Fähigkeiten meiner Vorfahren, die ihre Feinde und Gefahren auf Meilen im Voraus erahnten.

Was haben sie während eines Blizzards gemacht? Außer in Höhlen und Tipis Schutz zu suchen, denn natürlich kannten sie keine verrückte Rothaarige, die nach Karamell schmeckt (mir mitsamt meines Herzens auch den Verstand gestohlen hat) und offenbar auf dem Weg, mir beides zurückzubringen, verschollen ist.

Mir kommt eine Idee. Bei diesem Wetter wahrscheinlich aussichtslos, aber einen Versuch wert: meine Drohne. Sie ist mit einer Wärmebildkamera ausgestattet. Vermutlich wird sie wegen des Windes noch nicht mal zehn Meilen schaffen. Egal. Zehn Meilen Gewissheit sind besser als nichts.

Ich tippe auf mein Tablet, schalte die Drohne ein, öffne eine Luke im Dach und starte sie.

Wie erwartet, taumelt sie mehr in der Luft, als dass sie fliegt. Je höher die Drohne steigt, desto mehr treibt sie ab. Das ist bedauerlich, weil sie aus großen Höhen einen umso größeren Radius beschallen kann. Besser, sie fliegt knapp über Baumwipfel-Höhe, dann finde ich sie wieder, falls sie abstürzt.

»Colin?« Ich hab die Handynummer von Jos Esels gewählt. »Weißt du, wie der Mietwagen aussieht? Modell und Farbe?«

»Nein, sorry. Keine Ahnung. Bei der Autovermietung geht niemand mehr ans Telefon«, erklärt er mir.

»Okay, kannst du mir wenigstens die Adresse vom Pflegeheim ihres Vaters schicken?« Da ich ihn schon einmal dran habe, kann er sich nützlich machen.

Pause. »Wieso? Willst du ihn um Jordans Hand bitten? Das kannste vergessen, Rothaut. Er weiß gar nicht, dass Jordan existiert.«

Ich schlucke. »Liegt er im Sterben?«

»Der liegt schon seit drei Jahren im Sterben. Nennt sich Alzheimer. Das war ja auch der Grund, warum sie zu dir gefahren ist.«

»Zu mir?«, frage ich verblüfft.

»Mann, Mann, Mann – musst du gut im Bett sein. Deiner Intelligenz wegen kann sich Jo jedenfalls nicht in dich verliebt haben.«

Ich knirsche mit den Zähnen. »Hör gut zu, Bleichgesicht. Wir können gern ein anderes Mal klären, wer von uns beiden am weitesten in den Schnee pisst. Aber zunächst muss ich Jo finden! Der intelligente Colin fährt gerade die Straßen ab und ich versuche Jordan mit einer Drohne ausfindig zu machen. Also erzähl mir gefälligst, warum sie ursprünglich hergekommen ist.«

Ich höre ihn atmen. »Du wirst dich bei ihr entschuldigen!«

»Jeden Tag, bis zum Ende meines Lebens.«

»Jos Dad lebt in der Vergangenheit«, höre ich ihn nach einer kurzen Pause. »Faselt ständig von einem Ausflug, den er mit ihrer Mutter vor vierzig Jahren gemacht hat. Malibu. Mit seinem Porsche 356 Speedster. Als Amber starb, hat Jonathan ihn an deinen Dad verkauft.«

Bitte was? Ich bin sprachlos. Stimmt, von meinem Vater habe ich einen Porsche 356 Speedster geerbt. Er steht – ich schlage mir mit der flachen Hand vor die Stirn – in der Garage!

»Und Jo wollte ihn klauen oder was?«

»Sie hat geklingelt und wurde von euch allen für ein neues Hausmädchen gehalten. Und dann wollte sie abwarten, bis sie wusste, ob du den Wagen überhaupt noch besitzt.«

»Warum hat sie mich nicht gefragt?«

Colin schnalzt mit der Zunge. »Ja genau! Interessante Frage. Tu mir doch den Gefallen und stell sie ihr. Mit schönem Gruß von mir.«

»Versteh ich nicht!«

Er seufzt. »Da sind wir schon zwei. Du scheinst mehr als einen Oldtimer zu haben und Jo wusste nicht so genau, wie der Porsche aussieht. Und dann hast du sie in dein Bett gezerrt, ihr den Kopf verdreht und das war's dann.«

Meine Drohne taumelt im Sturm und driftet ab. Mit Mühe korrigiere ich ihre Flugbahn über der Hauptstraße.

»Was wollte sie denn mit dem Porsche? Ich hätte ihn ihr geschenkt, wenn sie gefragt hätte«, brumme ich, während die Drohne gegen den Sturm ankämpft.

Colin gibt einen weinerlichen Laut von sich und etwas, das sich anhört, wie: *Ich dreh ihr den Hals um.* Dann spricht er weiter. »Jonathan erklärt Jordan jedes Mal wenn sie ihn besucht, dass er noch mal die Straße an der Küste runterfahren will. Er erinnert sich an beinahe nichts mehr, erst recht nicht, dass er eine Tochter hat. Nur an Amber und diese Fahrt.«

Jetzt begreife ich. »Und sie will ihm diesen Wunsch noch ein letztes Mal erfüllen?«

»Du hast es! Deswegen dieses ganze Theater. Was am Ende dazu führte, dass du sie vor aller Welt aufs Übelste gedemütigt hast.«

»Ich werde versuchen, es irgendwie wiedergutzumachen.«

»Finde sie! Dann hast du es wenigstens bei mir wiedergutgemacht.«

⚜

DIE GRAUTÖNE AUF DEM BILDSCHIRM DER Wärmekamera verändern sich plötzlich, die Sensoren zeigen den Umriss eines Autos an. Es steht. Die Temperatur des Motorblocks beträgt fünfzehn Grad, das Auto muss schon länger dort parken. Sofort sende ich meinem Colin die Koordinaten. Ist sie es? Oder ein Fallensteller? Jemand, der seinen kaputten Wagen stehenließ, um bei einem anderem mitzufahren?

Angespannt lasse ich die Drohne steigen. Ich hoffe, die Sensoren halten länger durch. Mist, die Batterieleistung ist auf unter fünf Prozent gesunken. Sie taumelt, treibt ab … Da!

»NEIN!«

Vor lauter Wut hämmere ich auf das Bedienfeld – vergeblich. Weg! Abgestürzt, ausgefallen. Ich bin blind.

Dabei hatten die Sensoren gerade etwas entdeckt – just in dem Moment fiel sie aus.

34

JORDAN

ICH WEISS WEDER, WO ICH BIN — NOCH, WO ICH HIN muss. Meine Glieder sind müde und ich komme aus eigener Kraft nur schwer von der Stelle. Bis zur Hüfte stecke ich im Schnee fest. Ich weiß, dass ich wachbleiben muss, aber ich bin unsagbar erschöpft. Meinen Körper fühle ich nicht mehr, meine Glieder sind taub und langsam tut die Kälte auch nicht mehr weh. *Das war's dann, Jordan.*

Im Nachhinein ist man immer schlauer. Ich hätte Bruno sofort die Wahrheit sagen oder einfach auf seiner Party erscheinen sollen, statt mich wie eine Verbrecherin auf die Lauer zu legen. Meine Kräfte schwinden. Wenn ich gleich einschlafe, erfahre ich vielleicht endlich, ob *danach* etwas existiert. Ein anderes Leben vielleicht? Seelenwanderung? Himmel, Fegefeuer? Meine Gedanken verblassen …

Bruno

DIE MOTORHAUBE IST HÖCHSTENS NOCH LAUWARM. Ich drehe mich um die eigene Achse. Als die Drohne ausfiel, hatten ihre Sensoren gerade ein paar hundert Meter südwestlich von diesem Punkt etwas entdeckt. Jordan? Verflucht, keine Ahnung!

Ich gebe Colin den Befehl, sich auszuschalten, damit er seinen Akku schont. Der Wagen, mit dem ich hergefahren bin, ist schon abgestellt.

Es dauert lange, bis die Luft nicht mehr vom Diesel meines SUV geschwängert ist. Glücklicherweise ist der Sturm abgeflaut, das Schlimmste scheint vorbei.

Ich versuche runterzukommen. Ruhig zu atmen. Dies hier ist meine Heimat. Meine Wurzeln. Land meiner Vorfahren. Jahrhundertelang sind sie durch diese Berge gestreift, kannten beinahe jeden Baum, alle Gefahren. Im See haben sie nach Silber getaucht, jede Strömung und Untiefe hatten sie im Griff.

Ruhe. Ich schließe die Augen und richte meinen Blick nach innen. Das Fährtenlesen wurde mir in die Wiege gelegt, mein Großvater hat es mich gelehrt. Wenn Jo hier ist, werde ich sie finden.

Ich stehe still.

Werde mir bewusst, aus welcher Richtung mir der Schnee ins Gesicht schneit. Der See liegt in Richtung Westen, der Wind kommt von Osten.

Schnee absorbiert jegliches Geräusch, eine ohrenbetäubende Stille umgibt mich wie eine Saugglocke. Selbst wenn ich nach Jo riefe, würde ich ihre Antwort nicht hören können.

Ich atme.

Jo wollte wissen, ob ihre Organisation ein Erfolg war. Weil ich ein Scheißkerl bin, hat sie sich nicht zur Lodge getraut, blieb aber in der Nähe, weil sie Angst hatte, sich zu verfahren.

Von hier aus muss sie zum See aufgebrochen sein. Suche ich mir jetzt einen Weg zum See und finde keine Spur von ihr – würde ich sie möglicherweise nie finden. So funktioniert Fährtenlesen nicht. Ich muss mich in Jo hineinversetzen, erahnen, was geschehen ist. Ich drehe mich um fünfundvierzig Grad. Süd-Westlich von hier hat die Drohne etwas entdeckt. Ich schalte die Taschenlampe ein und marschiere los. Der Schnee liegt locker auf den dünnen Ästen. Hm. Unterschiedlich hoch. Schuld könnten Tiere sein, eine Erschütterung, beispielsweise von vorbeifahrenden Autos. Oder Jo? Die drei rechten Büsche sind uneben bestäubt. Teils liegt alter, festerer Schnee auf den kleinen dürren Ästchen. Und teils neuer, leichter Schnee.

Hier setze ich an und kämpfe mich weiter. Weil der Wind aus der Richtung kommt, aus der ich gestartet bin, liegt direkt hinter dem Gestrüpp vor mir kaum Schnee. Ich leuchte den Boden mit dem Handy ab und – endlich! Ein Schuhabdruck. Man erkennt kein Profil, bloß die Umrisse, dass jemand hier war. Hoffentlich kein Mann mit kleinen Füßen!

Hinter den Bäumen geht es aufwärts und scharfer Wind weht mir in den Nacken.

Der Schnee wird höher, hier ist eine Windschneise. Unter dem Schnee nur Felsen. Ich schüttle den Kopf. Hier komme ich ohne Schneeschuhe und Stöcke nicht weiter, bei jedem Schritt versinke ich mehr. Ratlos sehe ich den Berg hinauf, zum See runter, lasse meinen Blick und die Taschenlampe schweifen. Einen Schuhabdruck, mehr hab ich nicht. Aber Jo war hier. Sollte ich zum Abdruck zurückkehren und die Fährte noch mal neu beginnen? Der Wind wird wieder stärker, bald seh ich die Hand vor Augen nicht mehr. Nein, hier hat es keinen Zweck.

Ein letztes Mal schwenke ich das Licht des Handys – genau auf einen roten Schopf.

BRUNO

»Halte durch« murmle ich in ihr Haar. Sie regt sich nicht, während ich sie trage. Meine Finger sind zu kalt, um ihren Puls zu ertasten.

»Ich hab dich.«

Jo ist steif und kalt, nichts an ihr ist warm.

An ihren Wimpern heften Flocken. Ich hauche in ihr Gesicht, meine Lippen fahren über ihre kalte Haut und ich drücke sie an mich.

»Jo!«

Ich versuche ihr den Rücken zu reiben, sie muss wieder zu Bewusstsein kommen. Colin arbeitet sich langsam auf uns zu. Gott sei Dank!

»Colin, öffne die Türen und schalte die Sitzheizung auf die zweite Stufe. Und koch Tee.«

Ich schäle sie aus ihrer Kleidung, während ich mir vorlesen lasse, was bei Hypothermie zu beachten ist. Je mehr Colin erzählt, desto größer wird meine Angst, dass Jordans Herz nicht mitmacht. Ihr Gesicht ist bläulich, ihre Finger und Füße ebenso.

»Colin Sitzheizung auf Stufe 1, Fußheizung auf fünf.«

Ihr Puls ist schwach, aber da. Ich lege sie in die stabile Seitenlage und umwickle sie mit zwei warmen Decken.

Vorsichtig berühren meine Lippen ihre kühle Haut.

»Jo, bitte. Bitte komm zu mir zurück.«

JORDAN

ICH SCHLAGE DIE AUGEN AUF UND MUSS BLINZELN. Die Sonne scheint durch zwei Fenster. Bruno sitzt neben mir, hält meine Hand und küsst sie. Er lächelt mich an.

»Hallo.«

»Hallo«, antworte ich mit trockenem Hals. Sofort reicht er mir eine Flasche Wasser mit Strohhalm.

Das Zimmer sieht aus wie in einem Kranken-haus, in meiner Armbeuge spüre ich eine Nadel und sehe den Tropf.

»Wo bin ich?«

»Im Krankenhaus. Du wärst fast erfroren.«

»Welcher Tag ist heute?«

»Heiligabend.« Sein schwarzes Haar hängt ihm strähnig in der Stirn, er sieht müde aus.

»Wie war die Party?«, frage ich schüchtern. Ich

weiß weder, wie ich hierhergekommen bin, noch wer mich gefunden hat.

»Ach, Jordan.« Sein Kopf sinkt gegen meinen Handrücken.

Als er aufblickt, sehe ich Tränen in seinen Augen.

»Können wir bitte aufhören, über Nebensächlichkeiten zu sprechen?«

»Worüber möchtest du denn spre-«

»Warum bist du nicht zur Lodge gekommen?«, bricht es aus Bruno hervor, »stattdessen spazierst du in einem Schneesturm durch die Gegend. Du hättest tot sein können, wenn ich dich nicht gefunden hätte.«

»D-Du hast mich gefunden?« Ich bin sprachlos. Wie hat er das gemacht? Bruno hatte doch keine Ahnung, wo er suchen sollte. Ich hätte noch nicht mal meine eigene Nase gefunden, wenn ich sie mit dem Finger hätte berühren sollen. Und woher wusste er überhaupt, dass ich in der Nähe war?

Bruno schüttelt den Kopf und reibt sich die Augen. »So viele Missverständnisse, so viel Unausgesprochenes. Das muss aufhören, Jo. Warum hast du nicht gesagt, wer du wirklich bist und dass du mich um den Porsche bitten willst?«

»Ich hatte Angst.«

»Wovor? Vor mir?«

Ich schlage die Augen nieder. Die nächsten Worte sind nicht einfach für mich, aber in meiner Vorstellung habe ich schon mindestens ein dutzendmal mit ihm darüber gesprochen. »Wieder allein zu sein. Dass du mich nicht willst, wenn du gewusst hättest, wer ich bin.«

Bruno seufzt tief. »Ich weiß genau, wer du bist. Du bist die Frau, die ich liebe.«

Perplex starre ich ihn an. »Du – echt?«

Sein Blick wird mild und er lächelt. »Was denkst du denn? Eine Frau, die mir nichts bedeutet, hätte ich bestimmt nicht derart vor aller Welt beleidigt.«

Ich drücke seine Hand. »Bitte verzichte in Zukunft auf Liebesbeweise dieser Art, ja?« Gegen meinen Willen muss ich schmunzeln.

»Befehl gespeichert«, erwidert Bruno und gibt meinem Handrücken einen sanften Kuss. Mit einem Mal geht es mir blendend und ich schlage die Bettdecke zurück.

»Was hast du vor?« Besorgt erhebt er sich.

»Die Party ist gelungen und ich habe noch einen Wunsch frei, erinnerst du dich?«, grinse ich verschmitzt.

»Mhm«, brummt es aus seiner Kehle. Sein Adamsapfel zuckt.

Ich lasse mir Zeit, tue so, als müsste ich ausführlich nachdenken. Sein Gesichtsausdruck ist Gold wert, offenbar rechnet er mit allem. Innerlich kichere ich.

»Weißt du Bruno, heute ist Heiligabend und darum lautet mein Wunsch: Bring mich nach Hause. Denn ich liebe dich auch.«

Voller Freude und Erleichterung hebt Bruno mich aus dem Bett, wirft mich hoch und gibt mir einen Kuss.

»Du machst mich zum glücklichsten Menschen der Welt. Das wird unser schönstes Weihnachten.«

»Nein.« Bestimmt schüttle ich den Kopf.

»Nein? Was dann?«

Zärtlich berühren meine Finger sein Gesicht. Ganz nah wirkt die Farbe seiner Augen wie leckere Zartbitterschokolade.

»Unser *erstes* Weihnachten.«

Überglücklich küsse ich ihn, verliere mich in allen Gefühlen, die seine Lippen in mir hervorrufen.

»Und wo ist Robby?«

Brunos Augen funkeln vor Liebe. »Der wartet zuhause auf dich.«

ENDE

BÜCHER VON MIA CARON

EXKLUSIV AUF AMAZON

»Du hast acht Tage Zeit, seine Seele zu retten.«

Na toll! Jetzt bin ich an einen Mann gefesselt, der Weihnachten hasst und Frauen wie Dreck behandelt. Konnte mich niemand vorwarnen, dass dieser attraktive Mann das größte Arschloch ist – und ich meinen Verstand verliere, wenn er mich küsst?

****

Schon mal den Namen Jack Frost gehört? - Ja genau!

Mich kennt jeder. Reich, gutaussehend, ehrgeizig.

Was ich will, kaufe ich mir.

Und glaubt mir - alles ist käuflich!

Liebe oder Zuneigung verabscheue ich - genauso wie Weihnachten.

Urplötzlich steht diese Verrückte in Elfenkostüm in meinem Schlafzimmer und behauptet, Santa hätte sie schickt.

Wie sich herausstellt, existieren Weihnachtswesen wirklich, und eine davon hat es sich zur Aufgabe gemacht, mich bekehren zu wollen.

Netter Versuch, Süße -

leider bist du bei mir an den Falschen geraten.

Ich bin der Bastard von Manhattan,

und diesen Namen trage ich nicht umsonst.

Charmant böse, köstlich humorvoll, bezaubernd sinnlich und mit jeder Menge Glitzer

Frei nach Charles Dickens' Weihnachtsgeschichte.

EPILOG

BRUNO

Ein Jahr später…

»SCHLIEß DEINE AUGEN.«

»Ich kann die Augen nicht schließen.«

Genervt verdrehe ich meine. »Dann roll bitte um hundertachtziggrad herum.«

Robby folgt meiner Anweisung und Jordan strahlt mich an. Sie ist aufgeregt, was Robby wohl zu seinem Weihnachtsgeschenk sagen wird, und ich bin ebenso gespannt.

Die letzten zwölf Monate waren nicht einfach. Ihr Vater starb im Januar, wir hatten keine Zeit mehr, mit ihm und dem Porsche nach Kalifornien zu fliegen. Die Tour ihrer Eltern haben wir dann im April nachgeholt und sind die Küstenstraße am Pazifik entlang. Diese Zeit war schwer für Jo, denn sie musste den restlichen Besitz ihrer Eltern abwickeln. Jo ist zwar Haupterbin, jedoch hat der alte Crawford etliche Leute in seinem Testament bedacht.

Rutherford und ich haben sie nach Kräften unterstützt, aber sie wollte unsere Hilfe nicht. Ebenso wenig wie ich ihr Geld. Ich seufze leise und hole Lizzy hinter dem Weihnachtsbaum hervor. Jo hat den Namen ausgesucht. Sie wird Robbys Freundin, hoffe ich. Robby mutiert nämlich langsam zur Nervensäge und rollt immer um Jo herum, wenn ich mal mit ihr alleine sein will. Seit ich drei Investoren gefunden habe —wovon einer mein Cousin ist – bleibt uns nicht mehr so viel Zeit, wie ich mir wünschen würde, aber aller Anfang ist schwer.

Ich schalte Lizzy über mein Smartphone ein und hoffe, dass der kleine Android keinen Systemfehler hat.

»Darf ich mich wieder umdrehen?«

Lizzy leuchtet und reagiert sofort auf Robbys Stimme. Der kleine Android mit pinkfarbenen statt blauen Ioden surrt um ihn herum und bleibt vor ihm stehen.

»Hallo und frohe Weihnachten. Mein Name ist Lizzy.«

Jordan klatscht vergnügt in die Hände und

Robbys schwarze Augen plinkern. Lizzy macht es ihm nach.

»Guten Tag, mein Name ist Robby. Ich bin der Empfangsandroid.«

»Ich bin auch ein Empfangsandroid.«

Jordan und ich lachen, und Robby rollt zu uns herum. »Wozu benötigen wir zwei Empfangsandroiden? Wir haben nur ein Tor.«

Jordan bricht in schallendes Gelächter aus. »Lizzy ist viel mehr als das. Sie wird unsere neue Freundin sein und dir bei der Arbeit helfen.«

»Darf ich einwerfen, dass diese Neuerung ineffektiv ist? Ich benötige keine Hilfe.«

»Sei nett!«, werfe ich streng ein. »Deine Aufgabe wird sein, Lizzy alles beizubringen, was du kannst.«

Robby rollt wieder zu ihr herum. »Hast du schon mal gegen einen Schwarzbären gekämpft?«

Lizzys Ioden blinken kreisrund.

»Diese Frage verstehe ich nicht. Ein Schwarzbär lebt in der freien Natur. Er kann bis zu 1,5 m lang werden und manche Männchen können bis zu 400 Kilo wiegen-«

»Lizzy stopp!« rufen Jordan und ich gleichzeitig.

»Ach herrje, das kann ja was werden«, murmelt sie und sieht mich hilfesuchend an. Wenn sie wüsste! Ich schmunzle in mich hinein. »Robby, hol Jordans Geschenk aus der Garage.« Langsam werde ich nervös. »Aber sei schön vorsichtig.«

»Selbstverständlich. Android Lizzy, bitte folge mir. Es gibt viel zu lernen.«

»Ein Geschenk?«, zischt Jordan mich mit großen

Augen an, als die beiden aus der Halle rollen. »Wir hatten doch ausgemacht, uns nichts zu schenken!« Ihre moosgrünen Augen funkeln mordlustig. »Ich hasse sowas. Och, Menno! Jetzt hab ich nichts für dich.«

Ihre Einwände übergehend, nehme ich sie in den Arm und küsse sie. »Du bist mein schönstes Geschenk. Jedes Weihnachten.«

Meine Nase fährt über ihren Hals, den sie überstreckt, damit ich genau das nicht tue. Tja, leider bin ich größer und stärker.

»Ich liebe dich.«

Ich spüre, wie ihr Widerstand schmilzt. Mein Gesicht drückt sich in ihre weichen Kissen und sie stöhnt leise. Mir ist klar, dass mein Geschenk unsere knapp bemessene Zeit noch weiter dezimiert, aber ich konnte nicht widerstehen, einen von Victors Hundewelpen zu nehmen.

Er befindet sich in einer Box auf Rollen in der Garage, und ich habe Robby noch vor einer halben Stunde instruiert. Zum Glück schlief der Welpe da noch.

Victor und seine Frau können sich nicht erklären, wann ihre Hündin Herrenbesuch hatte, aber den neun Geschwistern nach zu urteilen, war es ein Leonberger. Sie selbst ist ein Labrador-Mischling.

Die Welpen sehen aus wie kleine Löwenbabys und ich freue mich schon darauf, Jordans Gesicht zu sehen.

Die Aufzugtüren öffnen sich und wir hören ein jammervolles Winseln.

»OH MEIN GOTT!« Jordans Augen werden riesig und ihr Mund kreisrund, ehe sie aufspringt und dem Trio entgegen hüpft.

»Ein Hund, ein Hund.« Ihr wuschelig hochgestecktes Haar hüpft mit.

Schnell öffnet sie die Box und »Awww … Gott, wer bist du denn?«

Sie nimmt das Riesenbaby hoch.

»Hallo!« Ihr Gesicht strahlt mit dem Schein der Weihnachtsbeleuchtung um die Wette. »Du weißt schon, dass man keine Tiere verschenken soll.«

Mit dem Satz bin wahrscheinlich ich gemeint. Ehe ich zu meiner Verteidigung ansetzen kann, läuft sie mit dem Hund im Arm zu einem der bodentiefen Fenster. »Du musst bestimmt Pippi. Wie süß du bist, du kleine Knuddelnase.« Draußen liegen zwanzig Zentimeter Schnee und als sie ihn absetzt, verschwindet der Welpe halb. Sofort tobt er los und hüpft wie ein Kängeruh davon.

»Fang ihn ein«, rate ich ihr. »Hier gibt es viele Raubtiere und er hat noch keinen Namen, auf den er hören könnte.«

Jordan schlüpft in Robertas Gartenschuhe und läuft dem Hundebaby nach, während ich mich vergnügt auf die zugeschneite Terrasse stelle. Weit kommt der Welpe nicht, dafür ist der Schnee zu hoch. Gleich wird er sich ausgetobt haben. Tatsächlich ist der Hund klüger, als ich vermutet hätte. Er schlägt Jordan ein paar Schnippchen und rennt auf mich zu. Ehe die kleine Schneekugel an mir vorbeischießt, pflücke ich sie vom Boden auf. Unser neues

Familienmitglied blickt mich aus seinen dunklen Knopfaugen an und schlabbert mir kurz übers Gesicht.

»Komm, wir lassen Frauchen sich noch was im Schnee vergnügen.«

Jordan schnaubt. »Haha!«

Ich gehe mit dem Hund rüber zum Kamin, der in der Nähe unseres riesigen, reich geschmückten Weihnachtsbaums steht.

Vor dem warmen Feuer schmelzen die Schnee-stücke in seinem Fell hoffentlich schnell.

»Na, du Süßer? Meinst du, dir gefällt es hier?« Auf einen Hund muss unser Zuhause wie ein Para-dies wirken. Unser See, das riesige Gelände und ein noch größerer Wald. Falls sein Jagdinstinkt aller-dings ausgeprägt ist, werde ich ihm den abtrainie-ren, denn einen wildernden Hund könnte ich nicht akzeptieren.

»Ich bin gespannt, was Roberta sagt, wenn sie aus Europa zurückkommt«, ruft Jordan lachend.

»Vermutlich kommt sie erst wieder, wenn er stubenrein ist.« Vor meinem inneren Auge sehe ich schon ihr strenges Gesicht und ein Hundehäufchen zu ihren Füßen. Der arme Hund tut mir jetzt schon leid.

»Welchen Namen sollen wir ihm geben?«, frage ich.

»Ben.« Jordan trampelt sich den Schnee von den Füßen und klopft ihre Hosenbeine ab.

»Ben?« Ich mustere das Fellknäuel auf meinem

Arm. »Heißt du Ben? Und warum entscheiden wir nicht beide zusammen, wie der Kleine heißen soll?«

Während ich den süßen Fratz halte und der Schnee mir den Pulli durchnässt, fällt mir ein Christbaumschmuck ins Auge, der so gar nicht zu den anderen passt.

»Wer hängt denn bitte Babyschühchen an einen Weihnachtsbaum?«, frage ich verdutzt.

»Ich.« Mit einem verschämten Lächeln auf den Lippen kommt Jo auf mich zu. »Überraschung! Und fröhliche Weihnachten.«

Verständnislos starre ich sie an. Dann das hellblaue Schuhpaar. Und wieder Jo. Ihre Wangen glühen und die Augen strahlen. Sie wuschelt dem Kleinen den Kopf und bietet mir ihren Mund zum Kuss.

»Den Namen darfst du aussuchen.«

ENDE

DANKSAGUNG

Mein Dank gilt wie immer all meinen Lieben, all den lieben FB-Freundinnen und Autorinnenfreundinnen (meine n-Taste klemmt ;-)), die im Laufe der Zeit einen Platz in meinem Herzen gefunden haben

und vor allem der phantastischen Wortkünstlerin **Jutie Getzler**, ohne die ich nix veröffentlichen könnte. Zumindest nix Gutes …

Eure Mia